뇌신경의학 인문학 강의 한국어판
MEDICAL, HUMANITY LECTURE

의사가 해부해 본
당신의 뇌와 마음
BRAIN & MIND

뇌신경의학 인문학 강의 한국어판
MEDICAL, HUMANITY LECTURE

의사가 해부해 본

당신의 뇌와 마음
BRAIN & MIND

연규호 지음

문학나무

차례

당신의 마음으로 들어가기

2015년 7월 31일, 46년의 길고 힘들었던 의사 전문직에서 은퇴하고 보니 어느새 내 나이 71세 하고 6개월, 힘없는 노인이 되었지만 뜻밖에도 나만의 시간을 갖고 꼭 해보고 싶었던 일에 몰두할 수가 있었다.

소년시절, 나는 소설가가 꿈이었으나 아버지의 권유에 따라 의과대학에 입학해 바쁜 의사의 길을 걷다가 1995년, 나이 50세에 문학에 도전해 마침내 소설가의 꿈을 이루었다.

그런데, 의학에서뿐만 아니라 글을 쓰면서 매일같이 반복했던 단어가 있었다.

'마음(heart, mind, 心)' 그리고 '영(靈)과 혼(魂)'이었다.

2017년 3월, 나는 소설집『두만강 다리』를 탈고한 후 시간을 내, 건강진단을 받았는데 놀랍게도 내 몸안에 신장암(腎臟癌)이 고슴도치처럼 웅크리고 있었다.

수술을 기다리는 3주, 새벽 2-3시, 캄캄한 밤에 홀로 앉아 간절하게 기도하다 새벽 늦게서야 가까스로 잠이 들었다.

깨어나 정신이 맑으면 '죽음, 그리고 죽음 후, 나는 어디로 가는가?' 이번에는 나의 문제에 질문을 던졌다.

3주 후 마취과 의사가 내게 마취약을 주사하자 나는 나의 신작 소설의 출판을 보지 못하고 죽을 수도 있다고 생각하며 의식에서 무의식의 세계로 들어갔다.

그리고 2시간 반 후, 내 눈앞에 무엇인가 보이며 소리가 들렸다. 아내의 얼굴과 내 손을 잡은 아들들의 모습을 보면서 생과 사, 의식과 무의식의 영역을 오고 갔음을 알았다.

김동명 시인의 '내 마음은 호수'를 일찍이 세상 떠난 고등학교 친구 성악가, 이단열 교수의 음반을 통해 들어보면 내 마음이 호수처럼 울렁거린다. 가슴이 둥둥 뛰고 뭉클해진다. 요절한 친구의 흐느끼는 듯한 테너 목소리가 무엇인가를 호소하듯이 내 마음에 짠하다.

> 내 마음은 호수요
> 그대 노 저어 오오.
> 나는 그대의 흰 그림자를 안고
> 옥같이 그대의 뱃전에 부서지리다.

시인 김동명의 마음은 도대체 무엇인가? 노래 속에 묻힌 친구의 마음은 또 무엇인가?

호수, 촛불, 나그네 그리고 낙엽이라니……

"내 마음, 그리고 네 마음은 무엇이며, 어디에, 어떻게 생겼을까? 보고 싶다."

나는 내과 그리고 신경과 의사이기에 나의 마음과 너의 마음을 해부학 메스로 열고 들어가 살펴보기로 한다.

이 글을 쓰는데 나를 도와주신 의과대학 은사, 신경병리학 교수 최병호 박사님과 한국 문단의 원로 시인, 소설가 홍승주 선생님의 가르치심에 감사한다.

제1장

마음의 정의
Definition of mind

1-1 정의

국어사전과 영어사전에서 말하는 마음이란 "지(知, intelligence) 정(情, emotion) 의(意, will)가 활동하는 정신세계"라고 한다.

한편 심리학자들이 말하는 마음이란 인지(認知 recognition), 정서(情緒 feeling, emotion) 그리고 행동(行動 action)이 이루어지는 정신세계라고 정의했다.

그렇다면 마음을 전공한 심리학자들의 설명을 조금 더 들어보면 "마음은 사람의 몸안에 있으며 기억은 뇌

속에 들어 있다."라고 일찍이 정의했는데 근자에는 이 개념이 뇌신경학의 발전으로 인해 수정되었다.

사전적, 통상적 정의	지(知, Intelligence), 정(情, Emotion) 의(意, 意慾, Will, Seeking)
심리, 철학자들의 정의	인지(認知, Recognition), 정서(情緖, Emotion — feeling, 2ndary Emotion), 행동(行動, motion) *행동-(운동.말. 표현 3가지 방법)

*주 : 물리학, 뇌과학자들의 정의: "a process that regulates the flow of energy and information"
"energy and information that occurs within the body including brain, and occuring between people, and universe"

인간은 자신의 몸 밖, 즉 외부 세계로부터 들어오는 사건들, 즉 5가지 감각신경(시각, 청각, 촉각, 후각, 미각)을 통해 인식(認識)된 정보를 몸속에 있는 마음에게 보낸다. 마음은 무의식과 의식으로 구성돼 있는데 이 마음은 뇌 속에 있는 기억과 더불어 정보를 분석 판단한 후 그 결정을 '행동, 말, 표정'이라는 운동신경으로 내보낸다.

즉 인지, 정서, 그리고 행동이 활동하는 것을 마음이라고 정의했다.

참으로 심리학자들의 정의를 보면서 놀라움을 금치

못한다.

해부학도 제대로 못해보고 첨단 의학장비도 없던 그 시절, 심리학자들은 의식, 무의식 그리고 기억을 연구해 마음을 정의했다고 하는 사실이 놀랍기 그지없다.

참고***도표 Diagram : 1. 심리학자들이 말하는 마음 definition of mind by psychologist
(98페이지 참조)

1-2 감각신경과 운동신경에 대해서Sensory nerve and Motor nerve

마음을 이해하기 위해 무엇보다도 먼저 감각신경과 운동신경을 이해하여야 한다.

식물(植物)은 땅에 고정돼 있으나 동물(動物)은 감각신경은 물론 운동신경을 통해 움직인다.

단세포 동물은 감각을 받으면 곧바로 운동으로 행동한다.

조금 더 발달된 동물들 중, 예를 들어 토끼를 보자.

— 바스락하는 소리(청각신경)를 들으면 귀를 쫑긋하고 이내 도망(행동-운동신경)을 친다. 약간의 시간이 걸릴 뿐이다. 반면, 호랑이를 보자. 바스락 소리가 나면 귀를 들고 무엇인가 응시하다가 동물이 보이면 잡아먹으려고 한다. 배가 부르면 움직이지 않는다.

감각신경과 운동신경과의 간격이 꽤 길다. 사람은 그 반응 시간이 더 길다. 생각을 하기 때문이다.

여기서 말하는 감각신경과 운동신경과의 사이에 일어나는 행위를 '마음'이라고 부른다.

그렇다면 감각이 들어온 후 마음에서 '무엇이 이루어졌는가?' 라는 질문이 나온다.

> 감각Sensory(시. 청. 촉. 미. 후각)- (?)- 운동Motor(행동. 말. 표정)
> ?가 바로 마음이다.

사람의 경우, 감각이 입력된 후, 머리에서 감각을 이해하고 옛 기억을 불러와 비교해본다. 그리고 무엇인가를 판단하며 어떻게 대처할까를 궁리한 후, 행동을 한다.

이 반응에는 사람의 감정과 계획 그리고 상대방에 대한 예측이 포함된다.

이것이 '마음이며 마음이 하는 일'이다.

그렇다면 이런 일들이 뇌 속에서 어떻게 이루어지는 가를 하나하나 설명하고자 한다.

놀랍게도 뇌에서 일어나는 현상을 연구한 의학자들이 많다. 노벨의학상을 받은 사람과 그 연구(case)가 무려 7건이 된다고 하니 이 얼마나 놀라운가? 최근에는 인공지능으로 인해 인류가 영생하느냐, 파멸하느냐 라는 기로에 서 있기도 하다.

*참고로 노벨의학상에 관한 연구 학자를 소개한다.

1. 감정의 회로, 파페츠 1935년	2. 기억의 회로와 오키페 1953년
3. 뇌량, Corpus Callosum 절제 수술	4. 기억의 연구 에델만
5. 기억, 단백질 형성:에릭 칸델	6.7. HM, Gazee 연구 등

제2장

마음은 어디에 있나?
WHERE IS YOUR MIND?

2-1 마음을 내 육체의 눈으로 직접 보기

    사람의 육체는 눈으로 볼 수 있으며 설명할 수가 있으나 뇌 속의 뉴론과 시냅스는 과거에는 보이지도 설명할 수가 없었다. 그러나 뇌신경 연구로 인해 이제는 볼 수 있으며 설명도 하게 됐다.

    과거에는 상상도 못했던 뉴론(Neuron)과 돌기(Axon, Dendrite) 그리고 가시(spine. 시냅스 하는 부위)에서 단백질이 형성되는 것을 눈으로 볼 수 있기에 이를 연구한 '칸델 교수'는 노벨상을 받았다. 성능 좋은 MRI를 통해

1mm도 안 되는 신경핵과 돌기들을 볼 수 있게 됐다.

그러기에 대부분의 신경병(神經病)은 볼 수 있으며 설명도 가능하게 됐다. 뿐만 아니라 볼 수도 없고 설명만 가능했던 정신병도 이젠 병변의 위치를 알게 돼, 볼 수 있게 됐다.

*5가지의 경우를 살펴본다.

눈으로 보고 설명할 수 있는 것 (Visible Explainable) 약자 : V. E	인간의 육체, 심장, 뇌 *뉴론, 시냅시스(현재의 상황) : 의사, 신경내과 신경외과 영역
눈으로 볼 수 없으나 설명할 수 있는 것 Invisible IV. E.	마음, 무의식 의식, 감정, 정서, 느낌 생각 심리학, 철학, 정신과 영역
눈으로 볼 수 없고 설명할 수 없는 것 IV. UnE 눈으로 볼 수 없고 설명할 수 없고, 믿을 수 있는 것 IV. UEX Believable.	영. 혼: 종교, 신학 영역, *혼= 마음(?) 영: 종교
믿을 수도 없는 것 IV. UnEX UnB	무종교, 무신론 UB

이상 5가지 조합은 마음을 이해하는 데 큰 변수가 된다.

2-2 가설Hypothesis : 마음은 어디에 있나?

보이지 않으나 설명이 가능한 마음이 도대체 어디에 있나를 알기 위해 마음의 정의를 근거로 가설을 세워보고 증명해보고자 한다.

첫째 가설, 심리학자들이 말하는 마음의 정의가 충족되는 곳에 마음이 있다. 즉 인지, 정서, 행동이 이루어지고 활약하는 곳에 마음이 있다.

둘째, 통상적인 사전에서 말하는 마음의 정의, 즉 지, 정, 의가 작동하는 곳에 마음이 있다.

위에 열거한 두 가지 가설은 충분히 설명되고 눈으로 볼 수도 있다고 생각한다.

2-3 그러면 마음은 어디에 있나?Then where is your Mind?

마음이 어디에 있나? 우주에 있나?

지구나 화성과 같은 별은 떠도는 별, 즉 행성(行星, 떠돌이별)이라고 하며 태양과 같이 빛을 내는 별을 항성(恒星, 붙박이별) 또는 태양계라고 부른다. 수많은 태양계가 모인 것은 은하(銀河), 은하가 모인 것을 은하계(銀河系, galacxy), 그리고 은하계가 모인 것을 우주(宇宙, universe)라고 부른다. 그런데 근자에는 우주가 하나가 아니고 여러 개 더 있다고 하여 다우주(多宇宙, multiverse)라고 한다.

　은하계에는 약 1000억 개의 별들이 있다고 하며, 1000억 개의 은하계가 있다고 하니 1000억×1000억 개의 별들이 한 우주에 있는 셈이다.

　"이렇게 방대한 우주에 당신의 마음은 존재하지 않습니다. 그러나 당신이 소유하고 있는 소우주에서 찾아보십시오."라고 천문학자가 충고해주었다.

*주 : 양자물리학, Quantum theory로 마음을 설명하는 경향이 있음.

　인간의 뇌는 무게가 1.5kg밖에는 안 된다. 그런데 겨우 5-7mm의 두께를 가진 대뇌피질(cerebral cortex)에 신경세포(Neuron)가 1000억 개가 있으며 각 신경세포에는 수상돌기와 축색돌기가 있는데 이곳에 가시(spine. 시냅스하는 부위)가 10000개가 달려 있어 10조에 해당하는 세포 그리고 그 시냅스가 서로 붙잡고 있는 엄청난 소우주가 된다.

마음 있는 곳이 우주가 아니라면 몸, 심장 아니면 가슴에 있나?

불교에서는 마음은 가슴, 심장에 있다고 한다. 그러기에 마음 심(心)이라고 하며 서양 사람들도 역시 심장(Heart)이라고 썼다.

심장이 하는 일은 아주 단순하다. 폐를 통해 들어온 혈액(피)을 주기적으로 자율신경과 뇌간의 영향 아래 수축 이완해 심장 밖으로 펌프질하는 것일 뿐이다. 그러기에 심장은 생각하고 판단하는 일은 하지 않으니 마음이 여기에는 없는 것이다. 단지 마음에 의해 전달된 감정 홀몬에 따라 빨리 움직이고 늦게 움직이기에 마음이 심장에 있다고 느껴지는 것일 뿐이다.

"그렇다면, 마음은 몸속에 아니 구체적으로 말한다면 뇌에 있습니다.(MIND IS IN YOUR BRAIN.)"

2-4 뇌의 해부학

A. 뇌의 구조와 기능-Gross anatomy

*일반 독자들이 이해하기 쉽게 뇌를 3층 건물로 비교해 설명한다.

***도표 Diagram : 2. 뇌(1층 2층 3층, Brain-1st 2nd 3rd floor) (98페이지 참조)

1층의 뇌: 생명의 뇌(Brain of Life)	뇌간(Brain Stem)과 소뇌(cerebellum)
2층의 뇌: 본능의 뇌(2개로 구성됨) 　　　a.의(意 Will), 욕망(慾 　　　望 seeking)의 뇌 　　　b.정(情), 기억의 뇌	간뇌(Diencephalon-Thalamus, Hypothalamus) 대뇌변연계(Limbic System- Hippocamous) 해마 Amygdala 편도체
3층의 뇌: 지(知 Intelligence), 인 　　　지(認知 Recognition), 　　　정서(Feeling- 　　　emotion), 행동(action)	대뇌(Cerebrum) Frontal(전두엽)-인지, 정서, 행동 Parietal(두정)-Temporal(측두)- Occipital(후두): 감각, 기억 저장

인간의 뇌는 1.5kg(남자)정도로 전체 몸의 2%에 불과하나 25%의 혈류와 에너지를 소모하는 말랑말랑해 부서지기 쉬워 단단한 두개골(Skull)에 쌓여 있어 안전한

보호를 받고 있다. 뇌는 몸을 지배하는 중추이면서 몸을 위해 존재한다.

*뇌의 구조 분류와 기능(의과대학에서 사용하는 구분과 기능)

1. 대뇌(Cerebrum) : a.전두엽(前頭葉, Frontal lobe)-인지, 정서, 판단 운동(Motor) b.두정엽(頭頂葉, parietal lobe)-촉각, 위치 시공영역 c.후두엽(後頭葉, parietal lobe)-시각 d.측두엽(側頭葉, temporal lobe)-청각

   이상, bcd는 감각(Sensory nerve) 정보 및 기억장기저장

2. 소뇌(cerebellum) : 운동, 평형기관

3. 간뇌(Diencephalon) : a.시상(Thalamus) : 감각과 운동을 전달하는 중심부 b.시상하부(Hypothalamus) : 의(意 will), 욕(慾 seeking)의 중추

4. 대뇌변연계(Limbic System) : 감정과 기억의 뇌(Emotion, memory) a.해마(Hippocampus) : 감정 기억 b.편도체(amygdala) : 감정 분노 공포 c.기타 : 대상피질, 유두체 *abc는 본능의 뇌. 정(情). 의(意)

5. 뇌간(Brain stem) : a.중뇌(mid brain) : 신경 홀몬 생성 눈운동 b.교뇌(pons) 연수(medula oblongata)

   생명을 다루는 중추 : 생명의 뇌 Brain of life

   이곳이 죽으면 뇌사 후 사망함

***도표 Diagram : 3. 대뇌-앞부분, 전두엽, 뒷부분 측두엽, 두정엽, 후두엽(Cerebral
cortex) (99페이지 참조)

***도표 Diagram : 4. 대뇌변연계(Limbic system, hippocampus & amygdala)와 간뇌(시상
thalamus과 시상 하부hypothalamus) (99페이지 참조)

뇌는 마치 큰 수박을 반 잘라서 엎어 놓은 돔(Dome)처
럼 생겼는데 밖에서 보이는 대부분은 대뇌이다. 측두엽
을 잘라내고 속을 보면 뇌의 알맹이, 즉 간뇌와 대뇌변
연계가 보인다.

엄지손가락 크기의 뇌간이 밑으로 연결되어 척추를
이룬다. 뇌간은 생명과 직관되는 호흡, 맥박, 혈압의 중
추로 생명을 관장한다. 뇌간이 죽으면 뇌사, 즉 인간은
사망한 것이나 대뇌가 죽으면 아직도 살아 있는 식물인
간일 뿐이다.

독자들의 편의상, 뇌를 3층 집으로 설명하고 있다.(참
조 : 앞의 도표)

일반적인 구조와 설명(anatomy, 의과대학에서 하는 방법)

1) 1층 구조, 뇌간과 소뇌
뇌간은 생명의 뇌로 심장, 폐가 하는 맥박, 혈압 그리

고 호흡을 조절한다.

소뇌는 근육 운동과 평형감각을 조절한다.

간뇌 - 시상(Thalamus) 시상하부(Hypothalamus)	감각신경과 운동신경을 중앙에서 전달한다 의욕을 지배하는 홀몬을 분비한다
대뇌변연계 해마(Hippocampus) 편도체(Amygdala)	감정과 기억을 만든다 감정 특히 공포 불안을 관여한다

2) 2층 구조 : 간뇌와 대뇌변연계가 같이 공존한다.

2층은 임신 발생 29주가 되면 거의 발달이 되어 이미 정해진 DNA에 따라 그 기능을 하기에 본능의 뇌라고 부른다.

시상하부의 감정은 아주 원시적이며 저돌적이다. 성욕, 식욕, 사랑, 쾌락 또는 불쾌, 중독, 충동과 같은 기능을 한다.

반대로 해마와 편도체는 공포, 우울, 불안과 같은 다소 발달된 감정을 조절한다.

3) 3층의 구조, 대뇌 : 전두엽-운동, 측두, 후두, 두정엽-감각기관

전두엽(Frontal lobe)	인지, 정서 그리고 결정 판단 후 운동
전전두엽(Prefrontal lobe)	— 운동, 말, 표정으로
두정엽(Parietal), 측두엽(temporal)	촉각, 청각, 시각의 영역
후두엽(Occipital) 모두 감각의 뇌	말의 연합뉴론, 기억의 연합뉴론

대뇌는 뇌의 85%에 해당하며 마치 돔처럼 생겨 2층과 1층을 덮어씌우기 때문에 측두엽을 제거하지 않으면 한가운데 있는 간뇌와 대뇌변연계를 볼 수 없다.

대뇌는 생후 20년까지 꾸준히 발달하게 된다.

대뇌의 표피는 5-7mm의 두께로 주름이 많이 잡혀 있으며 회색(Gray)질로 뉴론이 들어 있으며 그 밑부분은 백질로 신경섬유, 돌기가 빽빽하게 붙어 있다.

*전두엽 중 특히 전전두엽은 판단, 결정 영역이 있어 결정을 하며 전두엽의 '운동보완 영역(Brodmann's area #4. 6. 8. 참조. 도표 10(102페이지 참조)'으로 보내 행동을 하게 한다. 마치 대통령이나 왕이 사는 곳으로 생각하면 좋을 듯하다.

전전두엽에는 감정을 조절하는 2차 감정 영역(Brodmann's area 9.11.32)이 있어 느낌, 그리고 웃음과 슬픔 같은 고차적인 감정이 생겨나는 곳이다.

전두엽에는 말을 하는 운동언어 중추(Broca's area)가 있으며 반대로 측두엽과 두정, 후두엽이 모인 장소에 감각언어 중추 즉 Wernicke's area 가 있다.

전두엽은 기억을 불러와 판단하고 결정을 하지만 측두, 후두, 두정엽 3곳은 감각을 받아들이고 기억을 저장하는 기능을 하고 있다.

전두엽, Broca's area(브로카) 운동 언어 중추	좌우 연결은 섬유 fiber 를 이용해 공명 증폭을 통해 연결한다.	측두 후두 두정엽이 만나는 곳에 감각언어 중추 Wernicke's area(버니케)

B. *뇌의 구조 설명 : 심리학자를 위한 뇌의 분류

위의 구조 분류는 일반적인 구분이나 심리학적인 분류는 조금 차이가 나지만 결론적으로는 같은 분류가 된다.

심리학적인 구분은 철처하게 감각-마음-운동에 맞춘 구분이다.

운동의 뇌(Motor)	대뇌 전두엽
감각의 뇌(sensory)	대뇌 후두, 측두 누정엽
기억의 뇌(Memory)	해마

기억의 형성과정은 감각으로 인식된 정보는 1차 감각 영역으로 보내진다. 이 정보는 기억의 뇌인 연합감각뉴

론으로 보내져 해마에 의해 부호화(encode)-저장(storage)-공고화(consolidation)-인출, 회상(retrieval)을 통해 단기에서 장기기억으로 감각 대뇌의 2차 연합뉴론에 저장되며, 전두엽에 의해 인출돼 전두엽과 전전두엽에서 해석, 판단 운동영역으로 보내져 행동(action)으로 된다.

이 과정에서 지각에 의해 개념의 공고화가 되며 1차 기억과 의식으로 바뀐다.

말이 생긴 후부터 개념은 생각 즉 사고로 바뀌며 고차 기억 또는 고차의식이 된다.

C. 뇌의 해부–Microscopic and MRI anatomy

이상의 설명은 눈으로 보는 뇌의 해부였다.

대뇌를 현미경으로 보면 140억 개의 뉴론(신경세포)이 있다. 각 뉴론은 수상돌기(Dendrite)와 축색돌기(Axon)가 있으며 약 10000개의 가시(spine)가 붙어 있어 다른 뉴론과 시냅스(synapse)를 하여 정보를 받고 전달한다. 시냅스에는 신경물질이 나와 연결을 하며 궁극적으로는 가시에 단백질이 형성되어 정보 즉 기억을 저장한다. 그리고 전기적인 pulse로 다른 뉴론으로 전달하게 된다.

결국 단백질 즉 기억이 저장되며 양자학적인 전자에 의해 pulse가 된다. 양전자는 멀리 외계, 우주에서 왔을지도 모른다. 기억은 곧 생각이며 생각은 자아가 되며 곧 마음의 단위가 된다.

D. 뇌의 해부-cytoarchitecture and connectome anatomy(뇌 지도 그리기)

***도표 Diagram 11. (103페이지 참조)

1908년 병리학자 브로드만(Brodmann)은 현미경으로 뇌의 세포를 일일이 검사해 보니 같은 모양의 세포끼리 한곳에 모여 있음을 발견하고 뇌의 지도 즉 주소를 만들어 #1부터 시작되는 지도를 만들었다. 근자에는 MRI, 이메지를 이용해 뇌 지도를 만들어 뇌의 기능을 분류하고 있다.

특히 신경세포는 물론 신경섬유(돌기)의 연결을 찾아내는 connectome MRI로 뇌신경학은 급속히 발전해 뇌의 기능 즉 마음을 더 이해하게 됐다.

기억이 모이는 곳을 Engram, 언어가 모이는 곳을

Langram 그리고 글자가 모이는 곳을 Lexicon(사전)으로 표시한다. 근자에는 언어는 섬유다발에 의해 번역, 증폭 그리고 전달됨을 발견하게 됐다.

예를 들어 브로드만 지도 #1은 감각신경, #4는 운동신경, #46(DLPC 배외측 전전두엽)은 이해 영역, #11은 OFC 안와전전두엽 그리고 VMPC(복내측 전전두엽)은 감정조절의 뇌로 이해된다.

2-5 결론 : 마음은 어디에 있나?(Conclusion 1 & 2)

결론 1 : 지, 정, 의에 따라 분류해 보면 뇌는 대뇌(3층의 뇌)와 간뇌-대뇌변연계(2층의 뇌)에 주로 있으며 중뇌에 약간의 마음이 있다고 본다.

answer : in cerebral cortex and diencephalon-limbic system.

결론 2 : 심리학적인 분류에 의한 결론

마음은 대뇌(3층) 간뇌-대뇌변연계(2층) 그리고 뇌간과 소뇌(1층)에 있다.

결국 전체 뇌에 있다.

answer : in cerebral cortex, Diencephalon-Limbic system, and Brain stem with cerebellum

큰 의미로 1.2.3층에 마음이 존재하고 있다고 말하는 것이 더 보편적이고 무난할 것 같다. 뇌간에서 도파민 분비, 그리고 그물막은 의식을 좌우하며 소뇌는 비서술 적인 기억을 저장하기 때문이다.

***도표 Diagram ; 5 . conclusion, 뇌는 1.2.3층에 있다. (100페이지 참조)
(또는 2.3층) mind is in 1.2.3rd floor of brain

제3장

마음이 하는 일은 무엇인가?
The Roles of Mind

(당신의 마음을 해부하다. Let me dissect your Mind!!!)

3-1 마음은 무엇을(기능) 하나? (총론)

마음이란 지, 정, 의가 활동하는 것. 인지, 정서, 운동이 이루어지는 것, 그리고 에너지와 정보의 흐름을 조절하는 장치라고 정의한다고 했다.

좀 더 알기 쉽게 마음을 해부해 도표로 설명한다.

도표 ***Diagram : 6. 마음의 해부, anatomy of mind-result (100페이지 참조)

해부결과 마음은 양파처럼 그 속에 기억-무의식-의식-느낌-감정-정서-생각이 들어 있다.

마음-Heart, mind, 心	
기억(Memory)	마음을 이루는 절대적인 부분
무의식(Unconsciousness)	기억의 95%가 무의식으로 저장된다
의식(consciousness)	기억의 5%, 의식의 세계 각성으로 나옴
느낌(Feeling)	무의식의 의식화한 대뇌의 기능
감정(emotion) 정서(Emotion-2ndary, 고차감정)	본능의 감정과 전전두엽에 의한 고차 감정
생각(Thought)-사고	말로 표현된 개념 고차 의식 기억

　　마음을 이루는 절대적인 기억, 그리고 무의식과 의식
이 마침내 생각이 된다.

　*자! 그러면 뇌와 마음의 해부를 비교해 보자.

***도표 Diagram 11. (103페이지 참조)

　　결국 대뇌로 시작된 해부는 현미경 단위의 뉴론의 가
시(spine)에서 시냅스(Synapse)가 되어 그곳에 단백질의
형성과 전기적 에너지 pulse가 된다. 단백질은 기억의
저장이며 에너지 전달은 결국 양자와 전자가 된다.
　　한편 기억으로 시작된 마음은 생각으로 남게 된다.

"나는 생각한다. 고로 나는 존재한다."라고 데카르트는 주장했다.

그는 누구보다도 마음에 대한 생각을 많이 한 철학자였다. 그러나 철학자 흄은 '생각'이 아니고 '기억'이라고 주장했다.

19세기, 그들은 인체 해부학을 제대로 알지 못했기에 생각과 기억이라는 단어로 다투었다.

21세기 오늘날은 생각은 기억에서 기억은 뇌에서 생기는 기능으로 판명됐다.

3-2 마음을 알기 위한 뇌의 특징(A~I)을 미리 공부하자

A. 뇌에는 고유한 기능을 하는 부분 즉 주소가 있다
　(Brodmann's area)

B. 감각과 운동을 조절하는 대뇌

C. 본능의 뇌와 이성의 뇌 투쟁과 조절

D. 기억의 형성(감각–운동 그리고 해마의 작용)

E. 대뇌와 본능의 뇌를 연결하는 시상(Thalamus)의 기능

F. 뇌의 가소성(Plasticity)

G. 좌우 두 개의 뇌와 좌우 전전두엽의 작용에 대해서

H. 언어와 글(文字)에 대해서

I. 의식과 무의식

***주 : B.C.D.G 이상 4가지 항목은 마음의 기능을 이해하는 데 가장
중용함.

A 뇌에는 각 부분마다 고유의 주소가 있습니다(Brodmann's area)

참고 도표 diagram 10. (102페이지 참조)

1900년초, 신경병리학자 브로드만은 뇌를 현미경으로 조사해 보니 뇌의 부분 부분마다 세포가 다르며 배열이 다른 것을 알고, 일일이 번호로 표시해 주소를 만들었다. 초기에는 이해가 되지 않았다. 그러나 뇌신경 연구가 진전되면서 그가 만들어 놓은 부분 부분이 각각 다른 고유의 기능을 갖고 있음이 속속히 밝혀지고 있다. 노벨의학상을 두 번 받아도 될 훌륭한 업적이었으나 당시에는 이해를 못했으니 얼마나 안타까운가?

예 : 주소 #1.두정엽의 촉각 영역(온몸의 촉각은 이곳으로 들어온다) #4. 전두엽의 운동 영역(행동 운동을 명령하는 곳), 전전두엽 #46번은 판단 추리 영역. #10번은 계획영역. #11. 안와 피질 #28 해마 영역 특별히 #46번 즉 배외측 전두엽(Dorsolateral Prefrontal cortex)와 #28 해마의 엔소나이드 영역은 기억 형성에 아주 중요하다.

특별히 전전두엽(Prefrontal cortex)은 다시 설명한다.

B 감각과 운동(전두엽 vs 후두, 측두, 두정엽)

마음을 설명할 때, 인체는 밖으로부터 감각을 인식해 받아들여 몸속에 있는 마음이 정보를 해석, 분석, 판단을 한 후 운동신경을 통해 행동-말- 표정으로 나간다고 했다.

그렇다면 인체 어느 부분에서 이런 일을 할까?

대답은 대뇌(Cerebrum)이다.

즉, 대뇌는 뒷부분에 있는 두정엽(촉각) 후두엽(시각) 측두엽(청각) 등 3엽(lobes)은 감각을 받아들이고 해마로 보내 해마는 전두엽으로 보낸다.

앞부분에 있는 전두엽은 해마를 통해 들어온 감각정보를 분석하고 판단하여 같은 전두엽 브로드만 주소 #4

로 보낸다. #4는 운동 연합 영역으로 운동신경을 통해 척추와 안면 근육 등에 명령을 내린다. 그리고 운동 외에 말과 표정으로 운동 반응을 한다.

C 본능의 뇌와 이성의 뇌의 싸움(간뇌, 대뇌변연계 vs 전전두엽의 감정 영역)

참고. ***도표, diagram : 7. (101페이지 참조)

감정과 욕구라는 측면에서 보면 뇌는 "본능의 뇌와 이성의 뇌"의 투쟁이라고 생각한다.

임신 중 태아는 척추와 뇌간이 먼저 발생하고 이어 중뇌 그리고 간뇌가 형성되는 데 약 29주간이 걸린다. 본능은 철저한 DNA와 유전인자에 의해 예정된 발생이다.

출생하게 되면 예정대로 인간의 기본 감정을 누가 가르쳐 주지 않았음에도 불구하고 100% 하게 된다. 젖을 빠는 것, 우는 것, 놀라는 것, 체온유지, 갈증 등……그리고 분노, 공포의 감각이 나타난다. 욕망, 욕구라는 아주 거칠고 난폭한 감정을 갖고 태어난다.

그러나 대뇌는 완전히 다르다. 출생할 때까지 대뇌는

아직도 발육이 되지 않아 출생 후, 그리고 20세가 될 때까지 전두엽은 계속 발달한다. 그리고 본능이 아니다.

전전두엽에는 해석, 판단을 하는 인지기능을 하게 되며 아울러 고급 감정을 만들어 내기 시작하며 본능의 뇌를 조절 통제하게 된다.

본능의 뇌에 강한 영향을 주어 조절하나 명령은 하지 못하기에 평형이 깨지게 되면 본능의 뇌는 거침없이 폭력적이고 파괴적이 된다.

결국 인간은 대뇌라는 '이성과 정서'의 뇌와 간뇌, 대뇌변연계(해마, 편도체, 시상 시상하부)와의 거친 싸움이라고 사료된다.

대부분의 욕망의 감정은 시상(Thalalmus)를 통해 전두엽, 전전두엽으로 전달되나 시상하부는 직접 전전두엽으로 통하기에 더더욱 거친 감정이 된다.

D 기억의 형성

기억을 이해하면 마음을 거의 50% 이상 이해한 것으로 간주하듯이 마음은 곧 기억이다.

그러면 기억은 어떻게 만들어지는가? 잠시 설명하고자 한다.

도표 8 : 기억은 어떻게 만들어지는가?

감각-해마-전두엽에서 판단 행동, 그리고 다시 감각의 뇌로가 장기기억으로 저장된다.

***도표 Diagram : 7.8.9 기억의 형성, Memory formation (101~102페이지 참조)

과정 : 몸의 외부로부터 인식돼 들어온 정보는 대뇌 뒤편에 있는 감각의 뇌로 들어간다.

시각은 후각 연합, 청각은 측두엽, 촉각은 두정엽의 감각 영역에 들어간다.

예를 들어 뱀을 보았다고 하자. 눈-시신경-시상-후두엽의 1차 시각영역(#17번)에서 인지돼, 측두엽의 감각 연합뉴론을 거쳐 해마의 기억 회로로 들어간다.

해마(Hippocampus)는 기억을 할 만큼 가치가 있다고 판단하면 encode(부호화-도장을 찍는다)한 후 storage-consolidation-retrieval이라는 4단계를 저장하게 되며, 한편 시각정보를 전두엽의 인지 연합으로 보내면 인지 연합은 이미 저장돼 있는 유사한 정보를 시각 제2연합 뉴론에서 불러와 비교를 하게 된다.

"아! 뱀이다! 위험하다."라는 분석을 하여 전전두엽으로 보내면 결정과 지시를 하게 된다.

"위험하니 빨리 피하라." 라는 명령을 전두엽의 운동 영역(#4)으로 보내기 전 보완운동 영역(premotor neuronal area #6)에서 다시 재고하여 그대로 시행하라는 결정을 내리면 즉시 운동기관으로 명령을 보낸다. 운동기관은 3곳이다. 첫째는 신체적인 운동으로 다리에게 명령하여 도망가게 한다. 동시에 운동언어 영역(Broca's area)에게 소리를 내게 한다. "사람 살려요! 뱀이 있어요!"라고. 그리고 표정을 하는 운동 영역으로 명령하여 얼굴을 찡 그리고 몸을 비틀게 한다.

뿐만 아니라 지금 보았던 뱀이라는 정보를 처음에 포착 한 시각중추에 있는 제2 영역으로 보내 장기 저장시킨다.

도표 8에서 보듯이 감각의 뇌는 뒤쪽에 있다(3층). 그리 고 전두엽과 감각의 뇌 사이에 2층에 본능의 뇌, 해마(H) 와 시상(T. 뇌의 아주 중앙에 있어 상하 좌우 어디로나 다 전달해 준 다)에 의해 전두엽(앞쪽 운동감각과 인지감각)으로 보내준다.

기억은 반복해서 학습을 하게 되면서 많은 기억이 감 각의 뇌에 저장되며 저장됐던 기억을 많이 인출 (Retrieval)할수록 전두엽, 특히 전전두엽은 더 커지고 발 달한다.

여기서 중요한 것은 해마는 기억을 만들어주는 (facilitation)일과 인출하는 일만 할 뿐 저장을 하지 않는다. 단지 짧은 기간 기억을 할 뿐이기에 단기기억이라고 하고 감각의 뇌, 제2연합 뉴론에 저장된 기억을 장기기억이라고 한다.

***도표 Diagram : 8.9 기억의 경로, Map of memory (101~102페이지 참조)

위의 기억의 경로를 보면 밖의 감각을 두 번째 받을 때는 단순한 인식이 아니고 이미 알고 있는 기억이 된다. 결국 개인의 감정이 들어 있기 때문에 이를 "지각, perception"이라고 한다. 지각에 의한 정보는 해마로 들어간다. 해마는 이를 전두엽으로 보내게 되는데 이때 이미 개념(Idea)이 형성되며 전두엽으로 간 정보는 자가 기억으로 뇌며 이 과정을 Working Memory라고 한다. 이때 형성된 기억을 '자가기억'이라고 하며 또한 의식이라고 한다.

이 과정은 동물이나 사람이나 다 비슷하지만 인간은 말 (Language)을 하기 때문에 개념이 말로 형성돼 표현 될 때 비로소 생각(Thought)이 된다(생각은 개념의 5%밖에 안 된다).

단기기억은 순간 화면의 기억으로 단지 현재만 있을 뿐이다.

다시 말하면 동물들은 말을 하지 못함으로 단지 단면기억 내지 한두 면의 기억을 할 뿐이다. (예를 들어, 고양이가 쥐를 쫓아갔는데 쥐가 구멍으로 사라지자 잠시 머뭇거리던 고양이는 포기하고 다른 곳으로 갔다가 다시 오면 캄캄하게 그 사실을 잊고 만다.)

그러나 사람은 과거의 기억, 현재의 기억, 그리고 미래를 유출할 수 있는 장기기억과 연속화면을 연출하며 저장 후 다시 인출할 때는 장면에 지각을 합한 편집된 기억으로 인출할 수 있다는 말이다.

뇌의 가소성에서 언급하겠지만 이와 같은 기억형성, 저장 인출의 과정이 바로 신경세포와 돌기에서 단백질 형성이 되는 것이며 전기로 형성된다는 사실이 화학적으로 현미경으로 그리고 강력한 MRI에 의해 눈으로 볼 수 있다는 사실이다. 이것은 기적이다. Miracle!

더 놀랄 만한 사실은 이와 같은 생물학적인 반응이 인간은 태어나서 죽을 때까지 한 번도 쉬지 않고 연속(Sequence)되었다는 사실이며 이것이 바로 "나-자아-Self"라는 것이다.

비록 데카르트와 흄은 생각한다 아니 기억한다로 "나는 존재한다."라고 말했지만 그는 뉴론과 돌기가 이렇게 쉬지 않고 살아 움직인다는 사실은 몰랐다. 신경내과 의사에게는 기적이라고 말하고 싶다.

E 대뇌(인지의 뇌)와 본능의 뇌를 연결해 주는 시상 (Thalamus)에 대해서

참조 ***도표 diagram : 8. (101페이지 참조)

뇌의 가장 중앙부에 위치한 것이 바로 시상(Thalamus)이다.

뇌 속의 중심이라고 부른다. 시상은 척추, 뇌간으로 연결되는 본능의 뇌의 가장 위쪽에 있으며 밤알만 한 크기이다. 시상은 두 부분으로 나뉘어 있다. 척추에서 올라오는 감각은 시상을 통해 두정엽의 촉각으로 연결되며 시각, 청각, 후각, 미각 등 모든 것이 여기를 통해 대뇌로 들어가고 나온다.

시상의 1/2는 교통정리를 나머지 1/2는 시상하부와 뇌간에서 올라오는 홀몬의 교통요지가 된다. 시상은 같

은 감정 욕구의 뇌 대뇌변연계의 해마 편도체 대상피질 등을 조절한다.

시상을 알고 나면 뇌가 보이며 마음도 보인다.

시상하부와 연결되는 뇌하수체도 역시 시상의 지배를 받기에 시상은 물리적인 연결과 홀몬의 연결을 하는 뇌의 중심이다.

F 뇌의 가소성(Plasticity of Brain)

***도표 Diagram 11. (103페이지 참조)

뇌는 두부처럼 흐물대며 약하지만 상처를 받아도 그 부위가 다시 재생되거나 새로운 뉴론을 만들어 준다. 반대로 쓰지 않는 뉴론은 없어진다.

예를 들어 기억은 단백질의 형성으로 되는데 인출해 내면 단백질은 빠져 나가고 다시 저장하면 다시 단백질은 형성된다.

축색돌기와 수상돌기에 있는 가시(spine)에 있는 시냅스는 신경홀몬, neuropeptide, 그리고 단백질의 형성으로 전기(electric pulse)가 생긴다. 같은 전기 Pulse인데 어느 것은 시각으로 어느 것은 청각으로 나타난다. 이것도 아직은 기적이다. 뉴론과 돌기는 태어나서 죽을 때까지 계속되는데 이를 가소성이라고 부른다.

G 좌우의 뇌에 대해서, 그리고 좌우 전전두엽에 대해

***도표 diagram 8. (101페이지 참조)

대뇌는 좌우로 갈라져 있으며 그 연결부분을 뇌량 (Corpus Callosum)이라고 부른다.

뇌량은 돌기와 섬유다발이 수천만 개가 있어 좌측 뇌와 우측 뇌를 연결해준다.

좌측 뇌는 이론적이며, 언어, 쾌(즐거움), 진취적인 일을 하는데 반해 우측 뇌는 불쾌 그리고 돌발적인 일, 수리 공간의 일을 많이 한다.

좌측 뇌 : 언어, 생각, 계산, 분석, 논리, 문자, 숫자	우측 뇌 : 직관력, 음악감상, 그림, 패턴, 공간 인식, 위치, 이미지, 스포츠

또한 좌측 전전두엽은 낙천적, 진취적인 반면 우측 전전두엽은 불쾌감, 우울 불안과 같은 negativity가 많은

곳이라고 한다. 그러나 기억과 판단 등을 어느 쪽 뇌에서 하는지는 모르나 같이 한다고 본다. 이것도 가소성이다.

심한 간질병 환자를 치료하기 위해 뇌량을 절제해 두 뇌를 분리했는데, 환자는 죽지 않고 기능도 비슷했다.(노벨상 수상)

*전전두엽(Prefrontal lobe)

전두엽의 앞 부분에 있는 전전두엽은 뇌 중심이며 모든 뇌의 기능을 simulation 하는 최고 중추이다.

인지, 정서, 판단, 결정을 한다.

전두엽과 전전두엽의 기능 표

전전두엽, 인지기능-I(Cognitive-I))	브로드만 9(감정) 10(계획수립) 46(해석 상상 추론) 32(ACC-변연계 감정)
전전두엽, 인지기능-II(Cognitive-II)	브로드만 11(OFC) 47(결정 명령)
전두엽-운동(Motor)	브로드만 4(운동) 6(Premotor) 8(보완연합)
정서(Emotion-higher level)연합	브로드만, 9(감정), 11(OFC 안와 연합), 32(ACC)

인지기능 –I은 감각정보를 해마로부터 받아 분석, 해

석, 추론하여 인지기능-II 로 보낸다. 인지-II는 결정 그리고 명령을 전두엽 후반에 있는 #4로 보낸다. 그러나 #4에 가기 전에 #6 #8에 그 명령을 실시하여야 할지를 재고한다. 그런 후에 명령은 시행된다.

*전전두엽의 좌. 우측 비교

전전두엽 우측	불안 분노와 같은 불쾌함에 활성화 우울증. 불안장애, 분노조절 못함
전전두엽 좌측	낙천적. 활기참-웃음

*전전두엽의 감정연합 vs 편도체 vs 시상하부와의 비교 도표

전전두엽(감정 9.11 32) - 편도체(감정회로) *전전두엽 감정에 고민과 스트레스기 생기면-	스트레스, 고민에 의해 편도체-SNS(뇌간을 통해 교간신경자극)-NE을 분비해-정상평정을 한다 반대로 너무 과하면-HPA(시상하부-뇌하수체- 콜티솔 분비가 증가)-NE Serotonin 감소- 도파민 감소-콜티솔 증가 우울증 암 콜레스테롤 증가-전전두엽 기능 마비, 심한 우울증으로 사망할 수 있음. 물론 해마도 shut down된다

전전두엽 감정(9.11.32) -시상하부	직접 반응을 한다. 쾌, 불쾌 충동장애, 분노장애. 마약, psychosis와 같은 반응을 나타낸다
전전두엽(감정 9.11.32)- 전두엽 보완연합(8.6.)	전전두엽이 갖는 의심, 괴로움은-전두엽 보 상(6.8)에서 공포영화를 연출한다. 두드려보 고 확인하고, 괴로움과 방황 번뇌를 한다. 치료 : 안정-명상 치료기전 : 기도, 명상은 놀에피네프린 콜티 솔 분비 저하시키며, 부교감신경 증가시킴

ㅐ 언어(말) 그리고 글(획기적인 발전을 보았다)

***도표, Diagram 8. 〈Wernicke's area-Geschwind' territory-Broca's area〉 (101
　페이지 참조)

인간이 말을 하게 된 것은 만 년 전이라고 한다.

말을 하기 전에는 동물처럼 소리를 낼 뿐이었다.

　도표 8에서 보면 W(Wernicke's area. 감각언어 영역)와
B(Broca's area. 44. 45. 운동언어 영역)를 발견한다.

　W영역은 대뇌 후반부, 두정엽, 측두엽 그리고 후두엽
이 각각 안쪽으로 들어와 만나는 곳인데 말을 하기 전에

는 이곳에서 연장을 만들거나 무기를 만드는 기술을 하던 영역이었다.

다른 사람이 한 말은 W영역에서 받아들여 바로 윗쪽에 있는 게쉬윈드 영역(Geschwind' territory 39. 40)으로 보내져 해석을 하게 된다. 게쉬윈드 영역에서 번역이 된 말-소리는 공명과 증폭을 통해 전전두엽(44. 45)으로 보내진다. 전전두엽의 인지-I(9. 10. 46. 32) 이 소리를 받아 해석, 판단한다. 결국 W-B는 직접 연결된다는 말이다. 인지-I은 인지 II로 보내 명령이 내려 B(브로카) 영역에서 말로 표현되어 밖으로 나온다.

말의 등장은 인간을 영장류로 만들었다.

일차기억을 고차기억으로, 단순화면 기억을 과거 현제 미래가 있는 비디오 기억으로 그리고 인출도 역시 편집된 장기, 고차 다면 화면 기억으로 만들었다.

더욱이 말의 기억은 특별한 기억장소가 있어 이를 랭그램(Langram)이라고 하며 언어 사전처럼 저장된 사전을 렉시콘(Lexicon)이라고 하는데 근자에 강력한 MRI에 의해 눈으로 보게 됐으니 이것은 기적(miracle)이다.

말이 등장함으로 개념이 생각으로 바뀌었으며 고차기억과 고차의식이 되었다.

같은 주파수의 소리가 말이 된다.

말, 즉 소리를 문자로 바꿔 눈으로 읽는 것이 글이다.

뇌, 즉 마음은 글을 눈으로 보면서 이미지를 만들어낸다.

"글씨는 뇌의 흔적이다."라고 19세기 독일의 생리학자 빌헤름 프라이어는 말했다. 글씨를 보고 성격이나 심리 상태를 추론하듯이 마음을 읽는 것이다.

말의 등장으로 기억의 변형도 있다	Sensory-Memory형성-저장(langram)-말(Language)-인지 I-인지 II- 행동으로 표현된다

| 무의식(Unconsciousness)과 의식

마음을 이루는 가장 큰 부분인 기억이 저장되는 것을 말한다. 95%의 기억은 저장되어 각성의 상태가 아닌 무의식으로 저장된다.

무의식 기억으로 잘 알려진 것은 소뇌의 기억과 기저핵과 같은 일부에서 볼 수 있다.

피아니스트가 부지런히 연습한 결과 보지 않고 자동적으로 피아노를 칠 수 있는 것은 무의식 기억이다.

최면술에 의해 무의식을 의식으로 끌어 올린다.

심리학과 철학에 말하는 무의식	기억의 95%, 각성의 상태가 아닌 기억 기억-1.의식기억-서술적 기억(5%) 무의식기억-항상성기억, 운동기억, 감정기억(95%)
의학적인 무의식(Medical)은 심리학과 다름	기억의 상태 정도를 말함 의식, 혼동(stupor) 코마(Coma 무의식)

3-3 마음이 하는 일······ 각론(The Roles of Mind)

3-3-1 기억—인지기능(認知, Cognition)

"나는 생각한다. 고로 나는 존재한다." 아냐 "나는 기억한다, 고로 나는 존재한다."

근대 철학자들은 생각이나 기억이 같은 마음의 한 기능인 것을 알지 못한 듯하다.

그런데 알고 보면 인지기능은 실제로 대뇌 전두엽에서 이루어지는 가장 중요한 기능이다.

인지란 밖으로부터 들어온 감각정보를 해마가 선택해

전두엽으로 보내온 기억으로 선택된 정보를 판단하고 결정하는 전두엽의 작동이다.

전두엽은 뜻밖에도 본능의 뇌에서 올라오는 감정에 절대적인 영향을 받는다.

그 이유는 기억을 만드는 해마에는 감정의 회로(파페즈 회로-노벨상 수상 이론)와 기억의 회로(1953년 HM 수술 후 밝혀짐-노벨상 수상 이론)가 있는데 뜻밖에도 이 두 회로는 동일한 아주 비슷한 회로임이 밝혀졌다.

그렇기 때문에 해마가 정보를 보낼 때 감정을 같이 보내기 때문에 이것을 지각(知覺, Perception)이라고 부르는데, 감정에 물든 기억이기 때문이다.

인지기능은 전전두엽에 있는 Brodmann's area #46(배외측 전두엽, DLP)과 #10(주의연합뉴론) 그리고 #9(감정, affection) 그리고 #32(ACC 변연계 감정)은 인지 I을, 안와 전전두엽(orbitofacial cortex #11)과 #47(결정,Material)이 주동이 돼 인지 II를 이룬다. 그리고 전두엽의 운동연합(#4. motor) 전 운동연합(#6,Premotor)과 보상연합(#8.) 등에서 행동이 이루어진다.

인지기능은 생후부터 받은 정보에 따라 전혀 달라진다. 전전두엽과 전두엽은 어린 나이에 아주 왕성하게 성장하며 감정의 영향을 절대적으로 받으며 20살까지 성장한다.

인지기능은 IQ와 절대적인 관계를 받는다. 근자에는 인공지능이 발달되고 있는데 인공지능은 인지기능과 같은 기능이다.

인지기능의 가장 큰 밑바탕이 되는 뉴론과 시냅스에 관한 연구가 근자에 비약적으로 발달되었다.

대뇌에 약 140억 개의 뉴론이 있으며 140억×10000개의 시냅스가 흩어져 그룹을 지어 있다. 같은 종류의 기억끼리 시냅스를 만들어 후두엽, 측두엽 그리고 두정엽에 저장돼 있는데 이 그룹을 잉그램(Engram)이라고 한다. 그리고 언어는 랭그램(Langram)이라고 부른다. 이것이 바로 브로드만 영역(Brodmann's area)이다.

인지기능을 담당하는 뉴론과 시냅스는 위에서 설명한 듯이 출생부터 사망까지 쉬지 않고 움직이며 변하며 단백질을 생성한다.

대뇌에 있는 Glia cell과 fiber(돌기) 등은 백질에서 생긴 아밀로이드 Lewy's 소체로 인해 뉴론은 죽게 되며 치매가 발생한다.

인지기능 I	전전두엽, #10(주의연합, temporoal), #9 감정연합 #46 DPL배외측 전두엽 #32,ACC 감정연합 #45,44. 브로카
인지기능 II	전전두엽, #11(OFC 안와피질) #47, 결정(Material) 영역
행동기능	전두엽, #4 운동영역, #6.#8 전운동, 보완 #44.45 브로카 영역

3-3-2 느낌(Feeling, 예감)

느낌은 아주 중요한 대뇌의 기능인데 인지기능과 비슷하나 전혀 다른 기전을 갖고 있다.

느낌이 없으면 인간은 동물과 같으며 발전이 없다. 느낌이 있기에 예감, 예측을 하며 창의성과 상상력이 생기게 된다.

느낌이 생기는 기전은 아주 뜻밖이다.

인체는 기본적인 항상성이 있다. 인체를 유지하는 면역, 홀몬 작용, 자율신경 그리고 시상하부에서 주관하는 쾌 불쾌, 통증과 같은 감정이 무의식으로 몸속에 숨어 있다. 어찌보면 숨겨진 무의식이 무의식의 상태를 벗어나 각성되며 전두엽의 Insula와 ACC, 그리고 인지-I, 두정엽의 촉각 영역 등으로 올라가게 된다.

느낌이란 기능은 인체가 받는 위기에 대처하기 위한 마음의 기능이다.

인간은 늘 본인이 하는 방식으로 주어진 상태를 해결하는데 갑자기 해결 못하는 사건이 생기면 이것을 다른 방법으로 해결해야 한다. 이것이 바로 느낌이다.

야구 투수가 상대방으로부터 뭇매를 맞게 되면 결국 구원 투수(relif pitcher)가 등장해 해결을 해야 하듯이 위기를 타결해야 한다.

통상적인 해결방식을 버리고 독특한 방법으로 저장되어 있으나 쓰지 않던 기억을 사용하는 것이 바로 느낌이라는 말이다.

느낌을 통해 창의력이 생기며 상상력은 기쁨과 슬픔 같은 정서를 동반하면 예술창작이 된다.

상상은 과거의 기억을 현재 상상하여 미래의 추론을 하는 과정이다. (느낌과 상상 창의성은 정서와 같이 다시 설명하기로 함)

3-3-3 의(意), 욕(慾)의 뇌 : 시상 하부, 시상, 뇌하수체

본능의 감정으로 유치하며 거친 감정, 의욕을 주도한다. 식욕, 성욕 그리고 갈증과 같은 근본적인 감정을 이룬

다. 시상하부는 시상을 거치지 않고 직접 전두엽과 전전
두엽에 연결이 돼 있어 상위 기능을 가진 전두엽과 1:1의
대칭을 하기 때문에 영향은 받지만 명령은 받지 않는다.

시상하부와 중뇌의 흑질핵(substantia nigra)에서 분비
되는 도파민은 쾌락을 만들어 준다.

잠시 보다 나은 이해를 위해 신경 화학 물질을 설명한다.

신경전달물질 (neurotransmitter) 1. 도파민(dopamine) 2. 세로토닌 (Serotonin) 3. norepinephrine 4. acethylcholine	보상과 쾌감을 주는 물질 기분과 수면 경계심 주의력향상 각성 학습 운동	인터넷, 마약중독. 우울 증 파킨슨 병 쾌락증, 정신분열증 유발 짜증. 수면장애 공격성 우울증 건망증 치매
신경화학물질 neuropeptide 엔돌핀(endorpin) oxytocin vasopressin	자연생성 마약성 쾌 감 통증 저하 모성애 애정 유지 남성의 경우	
기타. Cortisol	부신피질 홀몬	편도체 자극-우울증 해마 저하 면역기능 저하. 암유발

*욕망(慾望)이라는 이름의 전차

미국 남부, 뉴. 올리안스를 배경으로 한 테네시 윌리 암스의 작품 "욕망이라는 이름의 전차"에서 서로 다른 욕망을 가진 자들의 절규가 있다.

"과거는 왜, 나의 현재를 구속하는가? 인간의 추한 본성은 욕망을 부른다."

욕망이 충족되고 환경조건도 충족되면 사람은 쾌감과 만족감을 느낀다.

바로 이것이 행복이라고 심리학에서는 정의한다.

욕망과 행복은 바로 여기 본능의 뇌, 시상(Thalamus) 과 시상하부(Hypothalamus)에서 이루어지는 것인데 테네시 윌리암스는 과연 이 사실을 알고 글을 썼을까?

욕망과 감정은 비슷한 감정이나 근본적으로 그 근원이 다르다.

분노의 포도는 해마, 편도체에서 생기는 감정이다.

욕망의 감정은 잘만 조절하면 장군, 정치가와 같은 국가와 민족을 살리는 지도자가 될 수 있으나 잘못 운영되면 성범죄자, 강간범, 살인자, 마약중독자 등 아주 무시무시한 범죄자가 될 수 있으니 극과 극을 달리게 된다.

*사랑의 기쁨은 사라지고……

여기서 주목할 것은 성욕과 사랑(Lust vs Love, 성욕과 애)에 관한 의학적인 설명이다.

마음의 기능 중 아주 중요한 부분이다.

'나나 무수꾸리'가 부른 '사랑의 기쁨은 사라지고 사랑의 슬픔만 영원히'의 가사를 보면 사랑을 얻는 것과 잃는 것도 의학적으로 설명이 된다.

성욕은 유치하나 사랑은 고상한 고차화 된 감정이다.

욕구와 사랑을 동시에 만들어내는 시상하부는 해마를 거치지 않고 직접 전전두엽의 고차감정 영역(9, 11, 32 46)번으로 직통한다. 10, 11번 영역을 혹자는 2차 감정 영역이(2ndary emotional area,)라고 부르며 정서를 만들어 내는 곳이다.

이곳에서 강한 욕구를 억제 조절하기에 인류가 도덕적으로 공존한다. 만일 고차감정 영역이 기능을 못하면 물개와 같이 강한 놈은 살고 약한 놈은 죽어야 한다.

사랑을 만드는 세 가지 fact를 삼각형으로 그려보면 친밀감(정서적)-열정(낭만적)-헌신(사랑을 지속하려는 마음)으로 그려진다.

그리고 이것을 기초로 사랑에 빠지는 3단계는 이러하다.

첫째 단계는 구애의 단계이다. "내 몸이 당신에게 저절로 끌려간다"라는 느낌인데 남성 홀몬 테스토스테론(Testosterone)과 여성 홀몬 에스트로젠(Estrogen)이 유도 작용한다.

둘째는 열정(熱情)의 단계이다. 이때는 갈망과 몰입으로 낭만적이며 동물적이요 욕구적이 된다. 이때, 바소프레신(Vasopressin)과 옥시토신(Oxytocin)과 같은 뇌하수체 홀몬의 영향이 크며 만지고 싶고 갖고 싶은 동물적인 단계가 된다.

셋째는 애착(愛着)의 단계이다. 이때 비로소 신뢰와 친밀이 유지되며 "함께 있으면 편하고 행복하다"라는 단계가 된다. 욕구의 충족이 행복감을 만들어준다. 엔돌핀의 분비가 나온다.

셋째 단계가 이루어진 후, 의심과 신뢰, 그리고 결정과 번복과 같은 과정을 거친다.

이 과정에서 얻었던 사랑을 잃고 사랑의 슬픔을 노래하게 된다. 사랑을 잃게 되면 큰 상처로 남는다. 이때 만들어진 고통의 상처는 편도체와 해마의 강한 감정으로 대뇌, 전전두엽 제2차 감정연합 영역에 큰 영향을 주게 되며 우울증과 자살충동과 같은 고차감정으로 바뀐다.

한 가지 시상하부에 있는 아주 작은 측핵(lateral nucleus)은 쾌 불쾌를 조절하는 가장 중요한 신경 핵이다.

*시상하부는 위에서 설명했음

3-3-4 편도체와 해마(대뇌변 연계) : −감정−분노−공포−
　　　　괴로움−우울함

감정, 특히 공포 경계심 불안 괴로움 등을 조절한다.

전전두엽의 정서 기능이 저하되면 괴로움을 느끼게 되며 편도체를 자극한다.

적당한 불안과 공포는 사람이 살아가는 데 필수적이다.

*분노(anger, 憤怒念怒)는 포도처럼

— 미국의 소설가 존 스타인벡의 고향 살리나스를 찾아 갔다. 초여름, 광활한 딸기밭에서 땀을 흘리는 과테말라에서 온 키가 작은 노동자를 만났다.

"하이, 아미고! 너 어디서 왔어?(Hi! Amigo Dedonde Usted?)"

나는 서투른 서반아 말로 물었다.

"과테말라."

"과테말라? 나, 치말테낭고(Chimaltenango)에 갔었어."

나는 몹시 반가워했음은 수년 동안 치말테낭고에서 의료봉사를 했기 때문이었다.

"그래? 난 퀘찰테낭고(Quecheltenango)에서 왔어."

노동자도 반갑고 놀라워서 대답했을 때 우리는 이미 친해지고 있었다.

"퀘찰테낭고? 와! 그럼 우리는 이웃이네."

우리는 마치 형제처럼 반갑게 몸으로 허깅했다.

1930년대, 여기 살리나스에도 경제대공황으로 빈곤과 부유가 공존했었다.

스타인벡은 오클라호마를 배경으로 '분노는 포도처럼'을 소설로 써 노벨문학상을 받았다.

'풍요는 지주들의 몫일 뿐, 실향민들은 저마다 가슴속에 이글거리는 분노를 품고 살았다. 분노가 포도송이처럼 주렁주렁 마음속에 열렸다.' 라고 기술했는데 '과연 분노는 마음속, 어디에 열려 있을까?'

한국의 어느 일간 신문에 '분노의 시대' 라는 연재 기사를 읽어 보았다.

'한국 사람의 분노는 어디에서 오는 것일까? 어디에 있는가? 버스나 전철을 타면 중·고등학생들의 언어가 얼마나 험한지 놀란다. 부모에 대한, 학교에 대한, 사회

에 대한 분노······.'

택시 기사들의 언어에서 폭력성을 느낀다. 퇴근 후의
선술집은 불만과 성토가 난무한다.

정의와 공정성이 무너진 사회에 대한 분노, 이것은 한
국만이 아닌 내가 사는 미국도 마찬가지이다. 툭하면 총
기 난사, 강간, 폭력, 납치 그리고 테러. 모두가 분노의
결과이다.

가정상담소에서 매주 2시간씩 강의하는 분노조절
(anger management) 교실에서 카운슬러는 열을 올린다.

"참아라, 사랑하라!"라고.

그렇다면 문호 스타인벡은 분노가 어디에서 나오는지
정말로 알고 썼는가?

그가 아는 것은 무엇이 분노를 일으키는가? 물음일
뿐, 분노가 어디에서 생기는지는 모르는 듯했다.

"왜냐고?, 그는 의사가 아니니까."

의사의 입장에서 분노, 공포, 안정과 불안은 어디에서
생기는가를 알려주고 싶다.

물론 마음에서 생긴다.

"마음? 마음, 어디에서?"

"그렇습니다. 분노는 본능의 뇌에서 생깁니다. 구체적으로 시상과 시상하부, 그리고 더 정확하게는 대뇌변연계의 편도체(扁桃體)와 해마(海馬)에서입니다. 들어보소."

시상과 시상하부에서 생기는 감정은 아주 원초적이며 주로 쾌·불쾌가 우선됨에 반해 편도체와 해마에서 생기는 감정은 다소 고차적인 감정이다.

해마는 편도체를 지배하는 듯하며 해마-편도체에는 기억의 회로와 감정의 회로가 공존한다.

그러기에 격한 감정과 기억은 서로 공존한다. 행복 홀몬이라고 불리우는 세로토닌은 주로 편도체에서 나온다. 편도체는 공포에 민감하기에 특히 전전두엽에 있는 고차감정, 즉 정서의 영향을 많이 받는다.

괴로움을 전전두엽에서 느끼면 이 감정은 편도체에 전해진다. 편도체는 위기를 극복하고 행복을 만들기 위해 뇌간을 자극해 자율신경계의 도움을 받는다. 교감신경이 분비하는 놀 에피네프린은 심장을 흥분시킨다. 한편 편도체는 시상하부를 연결해 뇌하수체에 명령을 내려 코티솔을 분비케 한다. 초기에 적당한 양은 전두엽을 각성시켜 문제를 해결하나 지나치면 악화 일로, 우울증과 분노를 유발시킨다. 결과적으로 본능의 지배하에 있는 편도체와 해마는 전전두엽이 기능을 잃은 사이에 원초적으로 변하며 "욕을 하고" 폭행을 하게 된다. 이른바 뚜껑이 열린다고 한다. 욕구 불만도 같은 맥락이 된다.

3-3-5 정서(情緒, Emotion-Feeling 2ndary emotion)
*위에서 이미 설명되었다.

정서는 전전두엽의 브로드만 #9(감정, Affection), #11(OFC, 강한 고차감정), #32(ACC 변연계 감정)는 고차감정을 만든다. 그리고 하급, 시상과 변연계의 감정과 욕구를 조절한다.

감정, 욕구, 정서를 조금 구별해보면 큰 차이가 있음을 알게 된다.

욕구 욕망(Will, Seeking)	본능의 뇌(시상 시상 하부)	원초적 거친 감정
감정-공포 불안 고뇌 : emotion- fear, Anxiety	본능의 뇌 편도체, 해마	욕구 욕망보다 더 진화된 감정
정서-emotion, feeling 2ndary emotion	대뇌 전전두엽 area #9 #11, #32	고차정서 센터; 감정 욕구를 조절하는 2차 영역

느낌 Feeling	무의식과 본능이 의식화하여 대뇌 전두엽, 두정엽으로 올라온 것	예감, 왠지? 기대. 창의성, 상상이 나옴
정서(情緒) 2ndary emotion	전전두엽 Brodmann's, area #9. #11 #32	아주 고차적인 최고 기관으로 감정을 지배한다. 사랑, 슬픔, 기쁨, 희생과 같은 고차감정을 만든다 상상과 연합하여 예술 문학이 창조된다

감정과 정서는 영어로는 같은 Emotion 또는 Feeling 으로 표시함으로 혼동이 온다.

감정과 정서는 우선 내용부터가 다르며 발생하는 뇌의 장소도 다르다. 위의 도표에서 설명했듯이 느낌은 몸의 기본 면역반응, 반사반응, 화학반응 그리고 쾌·불쾌와 같은 무의식의 영역이 의식의 세계로 뚫고 올라와 뇌섬엽(Insula)과 전두엽 그리고 두정엽을 자극하는 돌발적인 감각 내지 작동을 하는 것을 '느낌'이라고 한다.

느낌은 정말 중요한 일을 한다. 사람이 갑자기 위험한 일을 당하거나 궁지에 몰릴 때 이것을 헤쳐 나가는 것이 바로 느낌이 하는 일이다.

일상 일어나는 일의 95%는 항상 하는 방법으로 하면 해결이 되지만 5%의 경우는 다른 방법으로 헤쳐 나가야 한다. 이때 떠오르는 기지가 바로 느낌이다. 그리고 창의성이요 상상이다.

3-3-6 느낌과 정서가 협력할 때(Feeling and 고차 Emotion together)

느낌과 정서(Feeling Plus 2nd Emotion)	창의, 상상 — 미래의 추론, 예술, 문학

이 두 기관의 평형이 곧 안정, 평정심이 된다.

느낌이 대뇌에서 예측과 창의를 발휘하고 창의나 상상이 고급감정에 의해 물들 때 아름다운 예술이 나온다.

문학이 나온다. 시각적, 청각적, 미각적 상상이 말로 글로 표현될 때 문학이 생성된다.

많은 과거의 기억을 감정에 물든 상상을 통해 미래의 예술이 추론된다고 하니 얼마나 즐거운 일인가?

3-3-7 생각(Thought)의 출현

개념(Idea), 상상, 창의성 + 말-글자	생각(사고) Thought

참고 도표 Diagram : 9. 기억의 형성, Memory formation (102페이지 참조)

마음의 마지막 정수(精髓)가 되는 부분이 생각의 출현이다.

기억의 형성과정을 보면 동물들은 1차기억으로 끝나며 보이는 기억의 영상도 단순 단면 기억이 된다.

그러나 1만여 년 전, 인간에게 말이 부여됐다.

도표에서 보듯이 단면 기억은 현재밖에 존재하지 않으나 말이 형성되면서 단면 기억과 같은 개념(Idea)이 말을 통해 표현된다. 역시 전전두엽에 있는 사고 판단 영역에서 형성된 개념이 운동신경을 통해 밖으로 표출될 때 'Premotor'와 '보완 영역'에서 개념이 말로 표현돼 나가기 전에 재차 삼차 고려하게 된다. 결국 개념은 앞으로 갔다 다시 뒤로 밀려나 재고하게 된다. 이 과정이 바로 생각, 번뇌가 된다.

이 과정을 격고 말로 표현돼 나오면 그 개념, 상상 창의성은 "생각(thoughts)"이라고 하며 전체 개념의 약 5% 정도에 해당한다.

그러기에 말은 가장 고급화되고 성장한 마음의 마지막 단계라고 한다.

말은 소리의 주파수와 공명을 맞춘 것이며 글자는 시각의 능력에 따라 표시한 것이다.

3-3-8 초월의식(超越意識)과 종교의식(宗教意識)

알기 쉽게 도표로 만들어 보았다

명상-하나의 제목으로 명상 시작-전두엽을 shut down하게 되며 시상의 그물막도 닫힌다. 결국 아래로부터 올라오는 자율신경도 Shut down 된다	결국 두정엽은 감각의 입력이 없어지며 좌측 두정엽은 자신의 존재를 잃고
	우측 두정엽은 시간과 공간의 개념을 잃게 된다. -초월하게 된다

명상(Meditation) : 현재 많은 병원에서 치료로 쓰고 있으며 명상, 초월, 신과의 통화를 주장하는 성직자들도 많다.

초월의식을 간단하게 설명하면 그 뜻이 높고 훌륭하다.

초월의식은 마음을 비우고 두정엽에 있는 "주위 영역과 시공의 영역"에 들어가는 행위로 불교에서는 크게 강조한다.

*기전 : 전두엽에 있는 판단, 주의 영역에 모든 것을 잊고 한 가지 주문이나 단어를 외우게 하면 시상에 있는 그물막이 외부로부터 오는 감각과 몸의 내부에서 올라오는 자율신경을 닫아버리게 되면서 두정엽으로 가는

감각 입력이 없어진다. 좌측에 있는 두정엽은 자신의 존재를 잃어버리고 우측 두정엽은 시간과 공간의 감각을 잃게 되며 마치 무주공산에 붕 떠 있는 느낌, 즉 초월의식을 갖게 된다(수동적인 방법).

또 다른 종교의식은 시상하부가 자극을 받아 자율신경계를 항진시켜 도파민과 놀 에피네프린의 상승이 일어나며 심장박동이 빨라지며 마약에 빠진 듯한 기쁨과 행복의 감정을 갖게 되며 신과의 언어 및 상상의 접촉이 이루어진다(능동적인 방법).

이와 같은 초월의식은 불교에서 행하는 명상을 통해 가장 잘 체험하게 되나 기독교의 기도와 열광적인 찬양을 통해서도 도달할 수 있어 어떤 종교의식이든 가능한 것이다.

가부좌를 틀고 앉아 명상을 하든 열광적으로 박수를 치고 춤을 추며 찬양을 하든 초월의식에 도달할 수 있다.

한 가지 아인슈타인의 뇌를 두정엽에 비교를 한다. 그의 사망 후 뇌를 관찰해 보니 두정엽이 다른 사람들보다 15% 이상 커져 있기 때문이었다. 두정엽에 시공 영역이 있어 시간과 공간을 초월하며 물체의 형상을 만드는 기능이 있기 때문에 아마도 그는 두정엽을 보통 사람보다 많이 사용했으리라고 추측된다.

3-3-9 수면과 꿈(Sleeping & Dream)- 마음의 한 기능?

수면, Sleeping-시교차 핵	멜라토닌의 작용
꿈, REM Sleep- 교뇌 작동, 전두엽 불통	아세틸 콜린의 작용

3-3-9-a 수면에 대해서

뇌는 수면을 통해 역시 휴식을 취한다. 수면은 밤에 이루어진다.

낮과 밤을 구별하는 뉴론 핵은 시상에 있는데(시교차 핵-時交双核) 그 크기가 1mm 평방인데 그 안에 수만 개의 뉴론이 들어 있어 밤과 낮을 구별한다. 밤과 낮을 구별하는 신경핵들이 있기에 사람은 잠을 잘 수가 있다.

밤이 되면 송과선(Pineal Gland)에서 멜라토닌(Melatonin)이 분비되어 잠을 자게 된다.

한때 송과선에 영혼이 들어 있다고 데카르트는 믿었다.

잠을 못 자면 편도체는 세로토닌을 분비시키려고 애를 씀으로 그 크기가 커지게 된다.

3-3-9-b 꿈

꿈은 잠자는 동안에 이루어진다.

잠은 1단계로부터 4단계 그리고 REM Sleep에 이르면 깊은 잠에 든다. 정상적인 사람은 하루 저녁에 4-5번의 REM sleep이 이루어진다.

REM sleep 중 뇌간의 교뇌(Brain stem, Pons)가 자극을 받아 시상하부와 시상으로 전달되면 세로토닌, 도파민등의 분비가 저하되고 반대로 아세틸콜린의 분비가 왕성해진다. 그리고 시상하부는 전두엽과의 연결을 끊어 버리게 되며 전두엽의 영향을 전혀 받지 않게 되면서 정상적인 본능과 이성의 뇌는 비정상이 된다.

반대로 시각연합과 청각연합 등이 활발해지면서 최근의 기억보다 옛 기억들이 인출되기 시작한다.

꿈속에 그림과 사진이 나타나며 상상 못할 사건들이 튀어 나온다. 마치 정신분열증과 같은 상황이 된다. 전두엽이 잠을 자기 때문에 인지가 안 되고 정상적인 판단이 되지 않고 운동 감각, 즉 말올 할 수가 없으며 움직일 수 없기에 꿈에서는 움직이지 못하고 말도 나오지 않으며 단지 "으, 아-." 등과 같은 신음만 나온다.

꿈은 마치 정신병자나 마찬가지이기에 꿈을 기억하여

낮에 그대로 행동한다면 사회질서는 혼란해진다. 그러기에 꿈은 대부분 기억되지 않는다.

그래도 꿈은 마음의 한 부분이 된다.

제4장

뇌에 오는 병과 마음에 오는 병
Neurological Diseases vs Mental Diseases

Neurological(physical) 신경병 볼 수 있고 설명할 수 있는 뇌질환	Mental disease(정신병) 볼 수 없으나 설명할 수 있는 뇌질환 '마음의 질환' -(그러나, 점점 더 볼 수 있게 됨)
1. C.V.A (예 : 뇌졸증, 뇌출혈) 2. 고혈압, 저혈압-뇌 손상 3. 간질(Epilepsy) 4. 파킨슨(Parkinson ds) 5. Brain tumor(암) 6. 치매(알츠하이머), 루이 소채 치매 7. 식물인간(Vegetation). 대뇌 간뇌가 기능을 못하는 경우 : 뇌간은 살아 있음 8. 뇌사(Brain Death) : 뇌간이 죽음 9. 뇌간이 죽으면 육체(심장 폐) 죽음	대뇌, 인지의 병 : 정신분열증, 우울증 자폐증, 발달장애증, 충동장애증, 정서장애 본능의 뇌-의욕 장애, 감정 기억 장애 : 마약중독, 성적 병, 조울증, 증오 해마-편도체 : 불안 공포, 의심, 괴로움 치매, 우울증

4-1 뇌신경학이 발전되면서 정신병들이 점점 신경병으로 변하고 있다

다른 말로하면, 볼 수 없고 설명할 수 없었던 정신병이 점점 그 정체가 밝혀지면서 눈으로 보고 설명이 가능하게 됐다.

뇌의 뉴론을 유지하기 위해서, 혈관을 통해 포도당, 인산과 같은 물질이 들어가야 한다.

뇌동맥의 출혈과 blocking으로 오는 중풍(CVA)이 가장 많은 병이다.

노쇠하면서 생기는 아밀로이드 바디, 루이 바디 등으로 뉴론이 점점 죽게 되면서 치매가 증가한다.

MRI, 신경화학, 생리학 덕분에 이젠 작은 뉴론의 모양은 물로 신경다발과 그 주위에 생기는 소모성 물질로 치매가 증가한다는 것을 밝히고 있다.

4-2 치매(Dementia, Alzheimer's Disease)

금세기에는 치매에 대한 강의와 모임도 많다.

치매란 어떤 이유로든지 해마와 대뇌의 기억 부분에 있는 뉴론과 돌기가 손상을 입고 죽든지 퇴화되는 것을 말한다.

그러기에 이젠 신경병임에 틀림없다. 과거에는 치매의 증상에 따라 정신과 의사와 임상심리사들의 특유물처럼 생각되던 시절도 있었다.

해마에 있는 피라미달(pyramidal) 뉴론이 감소되는 경우는 상처 그리고 퇴화를 통해서이다. 해마가 하는 일 즉 정보를 기억하기 위해 부호화(encode) 그리고 저장된 기억을 불러내는 회상, 인출(retrieval)을 하지 못하는 것이며 물론 단기기억의 장애가 온다.

반면 대뇌 감각 중추, 즉 두정엽, 측두엽 그리고 후두엽의 2차 뉴론 연합에 상처가 나거나 퇴화해 Amyloid body, Lewy body 등이 뉴론의 세포와 돌기를 침범해 결국 시냅스를 하지 못하게 되면 기억이 풀려나기 때문에 자연스레 치매가 오게 된다.

신경과적으로는 primary 즉 퇴화 등으로 신경 세포와 뉴론이 쇠퇴하는 것을 알츠하이머라고 부른다. 그리고 동맥의 Blocking 또는 rupture로 인해 오는 물리적인 질병을 치매라고 부른다.

어떤 이유로든 뉴론의 돌기-축색, 또는 수상돌기의 가시(spine)가 다른 뉴론의 가시(spine)와의 시냅스에서 떨어지는 것은 곧 기억이 떨어져 나감이다.

140억 개의 뉴론과 각 뉴론에 10000개의 시냅스가 있으며 해마에도 천만의 뉴론이 존재하고 있다.

아밀로이드나 루이 바디(소체) 등에 관한 연구가 꽤 많은 진전을 모았으나 아직 미궁이다.

루이 바디를 찾기 전에 내장(소장-대장)에서 발견된 "신뉴크레인(synnuclain)"이 파킨슨병 외에 치매에 관여한다는 사실이 흥미롭다.

특히 감각언어 영역(Wernicke's area)에 침범된 치매는 말을 못 알아 듣기에 더더욱 문제가 된다.

해마는 기억의 회로와 감정의 회로를 공유하기 때문에 단기기억장애 뿐만 아니라 감정의 변화도 찾아온다.

장기기억은 오래 유지됨으로 그 치매의 속도가 비교적 만성적이다.

나의 친구의 어머니가 아들을 잘 못 알아보다가 근자에는 아주 못 알아보고 "누구시죠?"만 반복한다. 그리고 가끔은 성경 구절도 외우고 찬송가도 부른다.

단기기억은 100% 사라졌고 장기기억은 아직도 살아 있다는 증거다.

비교

1차(idiopathic)- 알츠하이머	아밀로이, 루이 바디 등과 같은 만성적인 뉴론과 돌기의 손상
2ndary, Dementia : 치매	혈관 손상 등으로 오는 치매
Amnesia, Forgetfulness 기억 상실 망각	trauma나 attention 부주의로 오는 기억 상실, 일시적일 수 있다

4-3 파킨슨병(Parkinson's Disease)

도파민의 결핍으로 오는 병으로 중뇌의 흑질핵(Substantia nigra)의 도파민 결핍으로 온다. 또한 기저핵(Basal Ganglia)의 결핍도 같이 온다. 증세(rigidity, resting tremor)가 대표적이다.

"선생님! 저의 아버지가 자꾸 넘어지고 손을 떨며 말을 더듬습니다. 파킨슨병이죠?"

파킨슨병은 굳이 의사가 아니라도 가족들이 자가 진단해 데리고 올 정도로 일반화된 병이다. 점차 대뇌피질 가지 손상을 입는데, 이미 내장에 신 뉴크레인(synnuclain)이 발견됨으로 앞으로는 위장내과 의사가 먼저 진단을 내릴 것 같다.

멤피스에 살던 내 친구도 일찍이 파킨슨으로 인해 UCLA에서 레이저 치료를 받았으나 결국 세상을 떠났다. 도파민과 세로토닌의 결핍으로 우울증마저 생겼다.

MRI로 보니 환자의 편도체(Amygdala)가 유달리 커졌음은 감정의 회로에도 병변이 있었다는 말이다.

4-4 우울증 : 우울과 조울증

우울증(Depression)과 조울증(Manic Depressive llness)은

비슷한 것 같으나 우울증은 편도체에서 조울증은 시상하부에 병변이 있는 것이 홀몬, MRI를 통해서도 구별이 된다.

우울증 (Depression)	편도체(Amygdala), 전전두엽 인지- I(9.10.46)에서 온 불균형	1. 고민-스트레스-편도체-세로토닌 저하-해마기능 저하-자율신경 자극 2. 고민-시상하부-뇌하수체-콜티솔 분비 결과 : 편도체 비대 -우울…
조울증 (Mania) Bipolar Unipolar	시상하부 (Hypothalamus) 전전두엽정서연합 (9.10.11.32)과의 불균형	도파민 불균형 전전두엽 정서 저하로 시상하부를 조절 못함으로 인한 병

1960년대, 여류 수필가 전혜린이 우울증으로 자살해 죽자 많은 여성들이 그녀를 모방해 죽었다. 문호 헤밍웨이, 화가 반 고흐에게도 우울증과 조울증이 있었다.

우울증은 어느 정신병보다 많으며 중요한 사회적 이슈가 된다.

그 기전은 두 가지 경로가 있다(위의 도표 참조).

위험이나 괴로움에 처하면 편도체는 위험을 인식하자

비상체제로 돌아선다. 뇌간을 자극해 놀 에피네프린을 분비 및 자율신경계를 작동시켜 위기 극복을 하려고 한다.

그리고 내분비를 조절하는 시상하부를 자극해 다시 내분비기관의 총사령부인 뇌하수체를 자극해 부신 피질에서 콜티솔을 분비시킨다. 초기에는 이것으로 진정되나 심해지면 콜티솔은 해마의 작동을 중지시키고 편도체는 계속해서 전전두엽을 자극, 그리고 부신 홀몬 분비를 해 몸도 망가진다. 우울해지고 심하면 암 그리고 콜레스테롤 증가 등 악화일로가 된다. 우울증, 공황장애 그리고 알츠하이머라는 치매의 발생도 생긴다.

조울증은 이와는 아주 다르다.

시상에서 생기는 문제로 아주 거칠고 일차적인 감정, 쾌와 불쾌 그리고 성취 욕망에 관한 도파민의 과소 분비에 많은 이유가 있다.

적당히 많은 도파민의 분비는 오히려 진취적이고 순발력이 좋아 정치 군사지도자로서 적합하나 너무 많은 경우, 조증에 빠진다.

bipolar는 조증과 우울이 반복되는 병으로 치료가 쉽지 않다.

시상하부는 전전두엽과 직접 연결이 돼 전전두엽의 주의 판단 연합령의 지배에서 벗어나려고 한다.

나의 임상 경험으로 보아도 조울증 환자가 많았다. 정신과가 아닌 일반 내과 환자로 찾아온 환자의 대부분은 잠시 정신과에 의뢰하였을 뿐 대체로 나의 처방으로 조절이 됐었다.

조울증 중 아주 심한 Psychosis(뉴로시스와 반대, 즉 자신의 ID를 잃어버린 환자)인 경우가 물론 몇 명 있었으나 환자의 follow up이 끊기고 말았다.

4-5 정신분열증(Schizophrenia 조현병)

정신분열증하면 마치 정신병을 대표하는 듯하다. 나는 정신과 레지던트로 뉴욕 퀸즈에 있는 Creedmoore NY State Psychiatric Hospital에서 1년간 정신과 전문의 과정을 밟은 적이 있다. 당시 나는 마지못해 낙오

자의 심정으로 과정을 밟았는데, 은퇴를 한 오늘날 나는 정신병 환자와 신경병 환자들에 대한 논문과 소설을 쓰고 있으니 이 얼마나 아이러닉한 일인가?

정신분열증은 과거에는 보이지도 않고 설명도 힘든 고약한 병으로 가끔 EST, 즉 전기 요법을 하곤 했다.

그러나 정신분열증도 알고 보면 눈으로 볼 수 있으며 설명할 수 있는 병으로 분류된다.

정신분열증은 인지기능의 결핍으로 대뇌 전두엽과 후반, 기억의 저장 뉴론과 신경돌기에 이미 이상이 와 있음을 알게 됐다. 대뇌변연계, 즉 해마에 이상이 온 것이 MRI와 현미경으로 해마의 피라미달 뉴론의 배열과 퇴화를 볼 수 있다.

시상하부에서 나오는 도파민, 세로토닌의 과다 분비가 원인이 된다. 결국 뇌의 전부, 아니 마음을 이루는 대뇌변연계, 시상하부 전체에 오는 병임이 판명됐다.

Schizophrenia란 횡격막의 통증이란 뜻으로 과거, 정신의학자들은 생각했었다.

정신의학의 대가 '지그문드 프로이드'가 돌아오면 무엇이라고 말할까?

Schizophrenia 정신분열증 :

1. 대뇌, 전두엽, 기억저장, 후두 측두 두정엽의 뉴론에 이상

2. 해마의 뉴론에 이상이 옴

3. 시상하부의 도파민 형성 과다

4-6 해마 편도체, 변연계에 오는 정신병, 뉴로시스(Neurosis) vs psychosis

뉴로시스(Neurosis) : 환자가 아직도 자신의 자아를 아는 경우, Psychosomatic Disease임 해마 편도체 등 변연계에 주로 오는 병 주로 세로토닌과 관계함.	불안증(Anxietysyndrome), 강박증(Obsessive-compulsive), 공황장애(panic disorder), 외상 후 스트레스 증세(post traumatic syndrome), 일반 불안 증세(generalized anxiety syndrome)
싸이코시스(Psychosis) : 정신 이상 아주 미친 것, 자아를 모른다. 전두엽, 시상하부의 이상으로 오는 병임. 주로 도파민, 아세틴 콜린과 관계함	정신분열증 psychotic mania. antisocial addictive disease.

나는 비록 내과 개업을 했으나 생각보다 많은 정신과 환자를 취급했는데 그 이유는 한국사람이라는 동족을 진찰했기에 나에 대한 신뢰(Confidence)심과 같은 언어를 사용하는 편리함 때문이었다.

4-7 인격장애(Personality disorder)

인격이란 대뇌의 전두엽에서 형성된다고 본다. 사람은 태어날 때, 인성 즉 본성이 있다. 이 본성은 변연계와 시상하부의 영향을 받는다.

출생 후, 대뇌 특히 전두엽의 영향은 받지만 명령은 받지 않는다. 인격은 생후, 전두엽에서 형성되기에 교육, 종교 등에 큰 영향을 받아 자아(Ego)를 형성한다.

본능이 강하면 원초아(id)가 그 반대의 경우는 초자아(superego)가 된다. 인격장애는 엄밀히 보면 정신질환이라기보다 발달장애라고 본다. 그러나 이런 장애가 집안에 있게 되면 수많은 사람들이 힘들어 한다. 반사회적인 인격장애는 범죄를 일으키며, 편집성, 분열성 반사회적, 경계성, 히스테리성, 자기애성, 회피성, 의존성, 강박성, 인격장애가 온다.

*이중 인격(Dual Personality)의 환자를 다룬 영화가 있었다.

미네소타에 사는 중년의 여성은 보험회사 사원으로 근무한다. 그러나 다른 인격이 우수할 때 그녀는 어찌된 셈인지 뉴욕시에서 창녀로 살고 있었다. 우연한 일로 그녀는 두 개의 다른 인격이 있음이 밝혀져 입원 치료를 받았다. 반년은 미네소타에서 보험 판매원으로 반년은 뉴욕 맨하탄에서 몸을 파는 여인으로 살다니……

전전두엽, 인지 기능에 문제가 생긴 결과일 게다.

4-8 주의력 결핍 및 과잉행동장애(ADHD, Attention Deficit Hyperactivity Disorder)

주의력 결핍, 과잉행동장애는 분명 두뇌의 질환이다.

특별히 부모님이나 조부모님 중에서 아주 비슷한 증상이 어린 시절에 있다가 어른이 된 후에는 음주벽이나 반사회성 행동을 보였던 가족들이 있기 때문에 유전적 소인이 있다고 본다. 적어도 7세 이전에 증상이 나타났고 6개월 이상 증상이 있는 경우에만 주위산만증이라고 진단한다. 과거에는 CT나 MRI 등으로 하지 않았지만 근자에는 SPECT이나 기능성 MRI로 병변을 찾기도 한다. 진단이 가능하며 치료도 가능해진다. 즉 전두엽의 발달이 느려져 변연계의 본능적인 뇌의 기능이 상대적으로 높아진 현상이다. 그러기에 감각과 운동 사이에 있는 마음, 특히 전두엽이 판단 후, 행동(motor #4)을 하기 전에 "보완 연합(#8)과 Premotor 연합(#6)"에서 재고를 하지 못하기 때문에 생기는 현상이다.

4-9 자폐증(Autism)과 발달장애

잘생긴 장남에게서 많이 나타난다는 자폐증. 어린이

의 성장 초기에 나타나는 두뇌의 질환이다. 정상적인 사회성이 결여돼 타인과 눈을 맞추지 않거나 관심도 없다. 부모와 감정도 못 나눈다.

그 이유는…… 대뇌, 전두엽의 미러뉴론(Mirror Neuron 거울 뉴론)이 발달하지 않아 남이 하는 행동에 같이 동조하지 못하기 때문에 혼자 행동한다.

언어의 발달이 늦거나 정상적으로 배우기를 시작하다가 18개월부터 언어능력을 잃어버린다. 설령 발달이 됐어도 언어소통이 안 된다. 특이하게 손을 움직이거나 몸을 돌리는 등 반복적인 행동을 한다. 소리 먼지 등에 아주 민감하다. 다른 애들이나 부모와 같이 함께 놀지 않고 혼자 있는 것을 좋아 한다.

ADHD와 비슷하나 그러나 자폐증은 전두엽이 덜 발

ADHD(Attension Deficit Hyperactivity Disorder), 주의력 결핍 및 과잉행동장애	전두엽의 발달 장애. 유전적 소인 있음 어른이 돼도 반사회적 행동 계속 CT, MRI, SPECT로 진단 가능
자폐증(Autism)	전두엽, 특히 Mirror 뉴론 발달 서하로 생김 언어장애, 발달장애 온다 나이가 들면 점점 좋아진다

달한 현상이므로 기다리면 정상인이 될 수가 있다. 인간은 사회적 동물이기에 나이가 들면 다른 친구나 가족과 같이 논다. 'Theory of Mind' 라는 능력 때문이다.

4-10 충동조절장애

충동(衝動)은 시상하부(Hypothalamus)의 이상 작용으로 생긴다.

변연계도 감정과 충동작용을 하지만 시상에서 나오는 홀몬은 더 거칠고 충동적이며 본능적이다. 일종의 중독작용과 같다.

이 통제에 이상이 생겨 뻔히 곤경에 처할 것을 알면서도 행동에 빠져들게 되는 것이 바로 충동조절장애이다.

보통 중독은 전형적인 충동조절장애로 도벽과 도박장애, 쇼핑중독, 섹스중독, 인터넷중독, 게임중독, 폭식, 알코올중독, 마약중독 그리고 발모광(發毛狂), 충동적 자살 등의 유형이 있다. 이성이나 지식으로 이해할 수 없고 또 양심이 허락하지 않지만 스스로의 힘으로 억제하지 못하고 파괴적인 행위를 되풀이한다.

*암페타민(Methamphetamine)의 중독 환자의 경우를 보자. ─망상, 지나친 공격성이 정신병(psychosis) 증상을 나타낸다.

*MA라고 불리우며 또한 스피드(Speed), 크리스탈(Crystal), 크랭크(Crank), 아이스(Ice) 또는 티나(Tina)라고 불리우는 신경각성제로 담배처럼 피우거나 정맥주사를 맞으면 환희의 감정(Euphoric Feeling)이 순간적으로 온다. 이 약물 증상은 정신분열증 조울증에서 나타나는 정신증세(psychosis)를 나타내며 사용하면 사용할수록 더 많은 약이 필요하게 된다.

이들 환자를 MRI촬영을 해보면 전두엽에 이상이 와 있다. 특히 감정조절 연합과 인지 연합에 이상이 온다. 뉴론의 재생과 약물중독이 사라지기까지 인내심을 갖고 치료해야 한다.

전두엽은 20세까지도 발달한다. 그리기에 자폐, 충농장애 같은 질병은 성장과 더불어 좋아질 수 있다.

충동조절장애 : *시상하부	시상하부 도파민 등 홀몬
(Hypothalamus)	약물 : 암페타민, 스피드, 크리스탈,
	크랭크, 아이스, 티나
변연계(해마, 편도체)도 약간	홀몬—전두엽 파괴시킴
	psychosis, Schizophrenia 증상

제5장

인간의 마음, 하나님의 마음

5-1 어느 내과의사의 신앙 고백

1963년 의과대학에 입학한 후 6년, 많은 공부를 해 의사가 됐다. 그리고 인턴수업을 세브란스 병원에서 받았다.

군의관을 마친 후, 큰 뜻을 품고 미국으로 이민, 수련의가 됐다. 뉴저지, 뉴욕 그리고 오하이오를 거쳐 칼리포니아에서 마침내 내과 전문의사로 정착, 개업을 한 것이 1980년 3월이었다. 내과뿐만 아니라 본의 아니게 마지 못해 신경과와 정신과 수련도 종합병원에서 수련했다.

2015년 7월, 46년의 의사생활에서 은퇴한 후, 소설 창작을 하는데, 큰 도움이 된 것은 내과보다 마지못해 했던 부전공으로 한 신경과와 정신과였다.

내과의사로 등한시했던 정신, 신경질환을 소설의 소재와 테마로 응용하다보니 자연 이 두 과목을 더 공부하고 싶었다.

치매, 정신분열증 환자, 그리고 해부학교실에서 본 인간성의 상실 등을 소재로 쓴 소설은 좋은 평가를 받았으며 '소설가 연규호'를 개성 있는 의학소설가로 만들어 주었다.

의사로서 나에게 끊임없는 한 가지 질문이 있었다.

"환자가 죽은 후에 환자는 과연 어디로 가는가? 매장돼 썩어 없어지는가? 화장돼 땅속에서 비료가 되는 것인가? 그렇다면 너무나 허무하지 않은가!"

그런데 내게는 "아니올시다."였다. 환자는 죽은 후 그의 영(靈)은 하나님의 품으로 가게 되며 영생(永生)을 한다는 기독교 신앙이었다.

나는 기독교 신자로 내 평생 "나는 죽은 후 하나님의

집으로 돌아간다."라는 믿음으로 살아 왔다.

2017년 3월 나는 좌측 신장암 수술을 받고 하나님의 은혜로 다시 건강을 찾았다.

그리고 시작한 것이 "영혼은 어디에 존재하는가?" 라는 말도 안 되는 공부를 시작했다.

결과는 완전히 달랐다.

내가 발견한 것은 영혼보다 '마음과 육체'였다.

"마음은 어디에 있는가?"

"마음은 분명 뇌 속에 존재한다, 그렇다면 뇌, 어디에 있는가?"

'대뇌와 간뇌-대뇌변연계'라고 생각한다. 조금 범위를 넓힌다면 뇌간과 소뇌를 포함한, 즉 '뇌 전체'라고 생각한다.

신경내과 의사로서 아무리 찾아봐도 영혼의 존재를 의학적으로 찾는 것은 불가능했다.

왜 그럴까? 왜냐하면 영혼은 바로 하나님과 연결되는 신앙이다. 성경에서도 분명히 다음과 같이 말하는 것을 알게 됐다.

"하나님의 얼굴을 본 사람은 성경을 읽다보니 '죽었

다' 단지 하나님의 뒷모습을 볼 수 있었으나 그것도 오직 모세에게만 있었다. 아! 야곱은 하나님의 얼굴을 보았다. 야곱만 보았다."

다윗의 시편을 보면 "하나님의 얼굴을 보았던 야곱의 얼굴을 보기를 원한다"라고 소원했다.

"우주를 보라! 수억 수천억이나 되는 우주의 별들이 질서 정연하게 운행되는 것을 보라! 분명, 이 우주 뒤에는 조물주가 계셔 이 우주를 운행한다."라는 고백이 나온다. 하물며 "인간의 소우주인 뇌 속을 보라! 이 작은 소우주를 운행하는 조물주가 있음을 나는 고백한다." "주 하나님, 지으신 모든 세계, 내 마음속에 그리어 볼때, 하늘의 별, 울려 퍼지는 뇌성 주님의 권능 우주에 찾네. 내 영이 주를 찬송하리니 주 하나님 크시도다."

그렇다, "우주와 인간의 뇌는 신비의 세계요. 인간인 나는 도저히 찾아볼 수도 없고 헤아려 볼 수도 없는 세계이다."

인간의 뇌는 소우주이며 질서 정연하게 운영된다. 하나님의 마음이다.

내과의사 연규호는 인간의 마음과 기능은 알아볼 수 있으나 인간의 마음을 지배하는 하나님의 마음을 알아

볼 수가 없다.

나는 고백한다. 인간의 마음은 하나님의 마음에 의해 질서 정연하게 움직인다. 그러기에 인간의 생과 사(生死)와 영생(永生)은 하나님의 몫이다. 그러기에 나는 영혼은 하나님이 주관하시는 영역이라고 믿는다. 내가 알 수 없는 영역이다.

5-2 그래도 조심스러운 가설 '하나님의 마음'

나는 새로운 학설을 발표하려는 것이 아니고 단지 내가 배운 신경과 지식과 임상경험에 비추어 조심스레 마음과 영의 관계가 무엇인가를 신앙에 기초해 정리해 보려고 하다.

첫째, 육체는 볼 수 있으며 해부할 수 있다. 그리고 치료 할 수 있다.

뇌간이 죽으면 뇌사(Brain Death)하며 얼마 후 심장과 폐가 멈추고 사망한다.

그러나 대뇌는 죽어도 식물인간으로 아직도 살아 있는 생명이다.

둘째, 뇌를 해부해 보면 눈으로 볼 수 있으며 현미경으로 세포를 볼 수 있다.

과거에는 볼 수도 없고 설명도 할 수 없었던 신경 세포, 뉴론과 축색돌기 수상돌기 그리고 시냅스의 가시(spine)를 MRI, 전자현미경 등으로 볼 수 있고 단백질 형성과 신경세포의 연결하는 모습을 MRI로 지금은 볼 수 있다.

셋째, 마음은 볼 수 없었으며 설명도 힘들었으나 근자에는 마음의 기능을 MRI 또는 배양을 통해 점차 볼 수가 있다.

넷째, 영은 볼 수 없으며 설명도 할 수 없으나 믿을 수 있다.

다섯째, 사람의 영은 그 속에 마음을 담고 있는 더 큰 그릇이라고 생각한다.

*위의 내용을 도표로 정리한다.

육의 세계 : 뇌-뇌간-대뇌-본능의 뇌-보이지 않는 뉴론과 시냅스
　　　　　눈으로 볼 수 있고 설명이 가능함. 죽음으로 사라진다

마음의 세계 : 기억-무의식-의식-느낌-감정-정서-생각
　　　　　　눈으로 볼 수 없으나 설명할 수 있다. 죽음으로 사
　　　　　　라진다

영의 세계 : 마음의 세계를 품고 있다. 즉 영-마음-무의식-의식-
　　　　　느낌-감정-정서-생각
　　　　　*영은 마음을 품고 있다. 죽음으로 분리되어 새로워진
　　　　　다(나의 조심스러운 생각)
　　　　　*그러므로 영은 성령과 연결한다(역시 나의 조심스러운 생
　　　　　각임)

Ecclesiastes, chapter 11 : 7 The dust returns to the ground it
came from and the spirit returns to the God who gave it.

도표-Diagram 圖表 for Brain and Mind

1. 도표-Diagram-1 Mind by psychologist

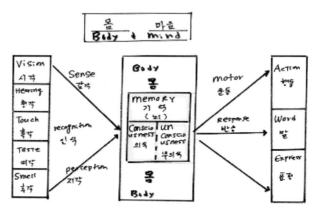

2 도표-diagram-2   3rd floor-cerebrum, 2nd floor-diencephalon, limbic system , 1st floor -brain stem

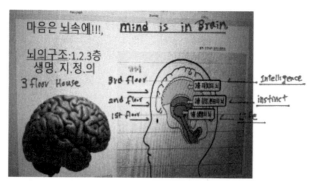

3. 도표-diagram-3 Brain cortex(3rd floor-Brain of intelligence, recognition, judgement, high emotional area, motor)

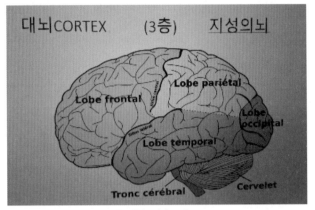

4. 도표-diagram-4 Limbic System(Hippocampus, Amygdala) and Diencephalon(Thalamus, Hypothalamus)

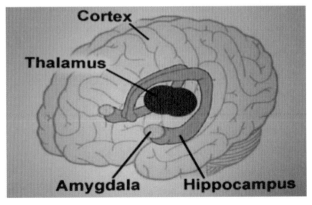

5. 도표-diagram-5 The location of mind in brain

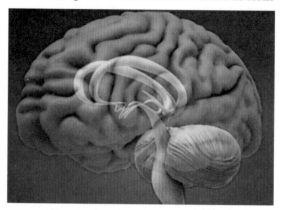

6. 도표-diagram-6 뇌와 마음의 해부결과

(The result of dissection of Brain and Mind)

양파처럼 뇌와 마음의 기능이 쌓여 있다. 뇌의 중심부에는 기억이 마음의 중심에는 생각이 있다. 기억과 생각은 결국 자아(Self)가 된다.

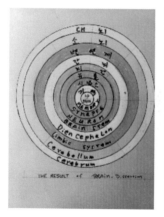
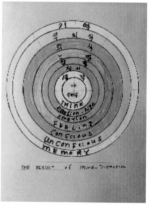

7. 도표-diagram-7 Memory 기억 형성

감각-감각의 뇌-해마-전두엽

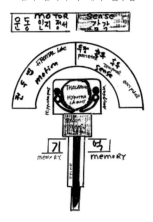

8. 도표-diagram-8 대뇌-간뇌 언어 영역 cortex, language

W:언어 듣기, B:언어 말하기, V:시각, A:청각, S:촉각

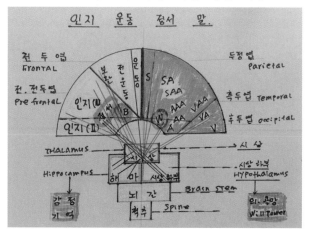

9. 도표-Diagram-9 Memory formation, 기억 형성

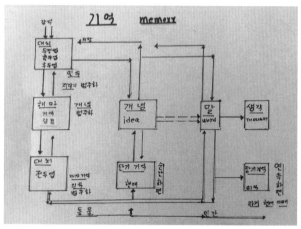

10. 도표-diagram-10 Brodmann's area(뇌의 주소)

황색:전두엽, 46:배외측 전두엽, 11:안와 전두엽

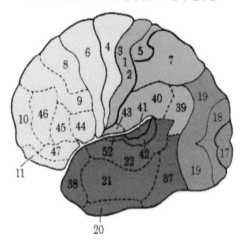

11. 도표-diagram-11
Neuron, Axon, Dendrite, Spine, Synapse 결과

Protein & Pulse 형성

단백질-기억(Memory), information

Pulse-Energy, 양자론, Quantum theory

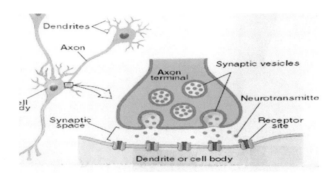

***뇌와 마음, Microscopic & MRI 영상 해부결과

대뇌를 현미경으로 보면 140억 개의 뉴론이 있다. 각 뉴론은 수상돌기(Dendrite), 축색돌기(Axon)가 있으며 돌기에는 약 10000개의 가시(spine)가 있어 다른 뉴론과 시냅스(synapse)를 통해 정보를 받고 전달한다. 시냅스에는 신경물질이 나와 이온화(ion)를 거쳐 궁극적으로 가시에 단백질이(Eric Kandel, 노벨상) 형성된다. 단백질에는 기억(Memory)이 저장되며(Edelmann, 노벨상), 전기적 pulse로 다른 뉴론으로 전달한다. (양. 전자론, Quantum theory의 양. 전자는 멀리 외계, 우주에서 왔다고 주장한다.) 결국 기억과 Pulse는 생각을 그리고 자아를 형성한다.

제6장

마음과 나의 문학
상상한다, 고로 나는 작가다

6-1 상상의 세계, 문학

지난 22년 나는 많은 상상력을 동원해 단편과 장편소설을 만들어 보았다.

작가가 되려면 다음의 세 가지 요소를 갖추어야 한다.

1 _ 상상력 2 _ 허구력 3 _ 문장력이다.

상상으로 선택된 테마를 기막힌 허구력으로 구성을 해 수려한 문장으로 써 놓은 소설은 '진실(Reality), 개연성(Possibility) 그리고 핍진성(verisimilitude)'을 갖추어야 한다.

'허구 속의 진실'이 바로 이것이다.

진실이 되기 위해서 첫째는 정직한 마음을 가져야 한다. 정직한 마음에서 우러나온 상상은 진실이기 때문이다.

그러기에 '인간의 마음'은 소설의 원동력이 된다.

상상력은 시각적(Visual Imagination), 청각적(Auditory) 후각적, 미각적 그리고 촉각적이다.

"푸른 하늘 은하수 하얀 쪽배에, 가기도 잘도 간다. 서쪽 나라로……"는 드라마틱한 시각적 상상력이다.

이효석의 단편 「메밀꽃 필 무렵」에서 보면 시각적, 청각적 상상이 여기저기에서 눈에 띈다.

소설은 번뜩이는 상상력과 허구력에 의해 창작되는 인간의 뇌 기능, 바로 마음에서 비롯한다. 마음은 기억이라고 정의했다. 그러므로 생각과 상상력은 작가의 인생이며, 소설은 인생의 압축도이다.

의사 직업에서 은퇴한 지 어느새 2년이 지났다. 나는 뇌의학 분야, 특별히 마음을 연구하게 됐다.

인간의 뇌와 마음에 대한 연구를 통해, 그리고 원로 작가 홍승주 선생님의 충고와 격려를 통해 뇌의학 분야를 소재로 한 단편소설을 쓰게 됐다.

처음 작품으로 마음이 텅 빈집, 치매 환자의 마음이라는 주제로 「마음의 행적(行蹟)」을 완성해 발표했다. 해마(海馬)와 기억을 설명하는 소설도 썼다.

치매, 파킨슨, 우울증, 조울증, 그리고 인격장애와 같은 마음의 질환을 구체적으로 해부학과 연계해, 특별한 소설을 써 발표하려고 한다.

　마지막으로 여기에 발표하는 알기 쉬운 의학 인문 논문, 「당신의 뇌와 마음」이 독자들에게 큰 도움이 되기를 바라는 마음이다.

소설은 번뜩이는 상상력과 허구력에 의해 창작되는
인간의 뇌 기능, 바로 마음에서 비롯한다. 마음은
기억이라고 정의했다. 그러므로 생각과 상상력은
작가의 인생이며, 소설은 인생의 압축도이다

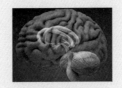

마음의 행적(行積)

1

"엄니가 나를 알아볼까? 엄니의 마음은 어디로 간 겨?"

경기도 분당 양로병원에 입원해 있는 어머니가 보고 싶어 뉴질랜드, 오클랜드 국제공항(Auckland Internatioal Air Port)으로 가고 있다. 어머니 생각이 날 때마다 스마트 폰에 담겨 있는 어머니의 녹음 영상을 재생해 보는 것이 내가 할 수 있는 유일한 효도이다.

— 영상이 열리면 보고 싶은 어머니의 모습이 무성영화처럼 얼킨 실타래를 하나하나 풀며 튀어나오는데, 조

막만한 얼굴에 쪼글쪼글 주름진 모습이 마치 거미줄이 쳐진 것 같아 마음 아프다.

표정이라고는 거의 없으며 웃음은 아예 찾아볼 수 없는 싸늘한 어느 겨울 날처럼 찬 모습이다. 쪼글쪼글한 어머니의 얼굴에 내 얼굴을 바짝 대고 마치 엄청난 비밀이라도 알아내려는 듯이 큰소리를 치고 있는 내 모습이 더 초라해 뵌다. 어느새 어머니는 90세. 양로병원 안락의자에 비스듬히 앉아 있는 어머니 곁에 반쯤 웅크리고 서 있는 형님의 모습이 보인다.

"엄니? 나, 누구지, 누구?"

나는 어머니를 흔들면서 "내 아들 서코!"라고 내 이름을 속 시원하게 불러주기를 마음 졸이며 갈망하는 장면이 나온다.

"어, 누-구-시-죠?"

그런데 이게 무슨 날벼락인가, 어머니는 뜻밖에도 둘째 아들인 나를 몰라보신다.

"엄니? 나, 석호, 서코야! 엄니! 대답 좀 해 봐유, 엄니!"

나는 안간힘을 써 대답을 유도해 본다.

"누-구-시-죠?"

이번에도 나를 모른다고 하니 슬그머니 화가 나 더 큰 목소리를 왼쪽 귀에 심통스럽게 뿌린다.

"엄니, 나, 서코여, 엄니!"

이번에도 대답이 없자, 나는 억울하지만 단념하고 옆으로 물러섰다.

"그럼, 어머니? 시편 23편을 외워 봐요! 시편 23편을……."

보다 못해 옆에 계신 형님이 멋쩍어하는 나를 위로하려고 나와 정반대로 아주 조용한 목소리로 훈수를 든다.

의자에 앉아 있는 어머니는 잠시 얼굴을 씰쭉거리며 대뇌(大腦) 깊은 곳에 저장된 기억이라는 보따리를 풀어내기 시작한다. 마치 구식 자동차의 시동을 걸 듯 몇 초의 간격이 필요하다. 출발 총소리를 들었는지 옆으로 살짝 늘어진 붕어 입 같은 어머니의 입술이 바르르 떨리더니 낭낭하게 암송을 시작한다.

"하나님은 나의 목자시니 내게 부족함이 없으리로다. 그가 나를 푸른 초장에 누이시며 쉴 만한 물가로 인도하시는 도다. 나의 평생에 선하심과 인자하심이 정녕 나를 따르리니 내가 여호와의 집에 영원히 거하리로다."

한자도 안 틀리고 줄줄 외우는 어머니의 모습은 숭고

하며 존경스럽다. 옛날 초등학교와 교회학교 교사를 하며 어린아이들에게 들려주던 그 옛 모습을 그대로 보는 듯하다. 초자연의 힘이라고 생각한다. 그런데 어머니는 정작 아들의 이름은 모른다고 하니 어찌 설명을 하여야 할지 궁금하다 못해 화가 난다.

"에이-씨-, 성경은 줄줄 외우면서 왜 내 이름은 몰라유, 엄니!, 엄니? 피아노도 한번 쳐봐유!"

나는 어머니의 손을 잡고 충청도 사투리로 말한다. 혹시라도 사투리가 옛 기억을 되살리는데 도움이 될까 봐서이다.

이번에는 못 들었는지 꿈적도 않는다. 작년부터는 손이 떨리며 평형감각이 좋지 않아 일어나다 몇 번이나 쓰러지더니 이젠 아예 일어나질 않는다고 형님이 설명한다.

"석호야, 그래도 찬송은 혼자 하셔. 그거 있잖아. '내 영혼의 그윽히 깊은 데서 맑은 가락이 울려나네. 하늘 곡조가 언제나 흘러나와 내 영혼을 고이싸네……' 근데 그것도 요즘은 안 하셔. 잊었는지 소리가 안 나는지, 통 안 해. 어쩌겠니? 치매가 더 심해졌으니……"

형님이 내게 설명을 하는 도중에 어머니를 담은 영상

은 여기서 "뚝" 끊겼다.

이상은 6개월 전에 한국에 가 어머니의 병상 옆에서 특별히 녹화한 영상이다.

"엄니, 나 엄니, 보러 지금, 가는 중여."

나는 스마트폰을 윗주머니에 넣었다.

긴 출국수속을 마치고 K여객기에 탑승하니 어머니를 보고 싶은 마음이 더욱더 간절해진다.

어머니는 3-4년 전까지만 해도 가족들과 대화도 하고 성경 구절도 거뜬히 암송하는 것은 물론 피아노를 치라고 하면 피아노에 앉아 감정을 넣어 가요, 동요 그리고 찬송가를 자유자재로 연주했다. 뿐만 아니라 찬송과 동요도 직접 육성으로 불러주셨음은 어머니가 초등학교와 교회학교 교사를 수십 년 했기 때문이었다.

그러기에 어머니는 치매라는 해괴한 병에 아예 걸릴 사람이 아니라고 자신을 했다.

그런데 4년 전부터 치매증세가 보이기 시작하더니 조금씩 조금씩 잊어버리기 시작했다.

"석호야, 더 먹어라."

음식도 권유했었는데 지난 방문 때는 아들인 나를 보

면서 "누-구-시-죠?"라고 묻기 시작했다. 신기하게도 맏아들인 형님은 알아보았다. 다행이라고 생각했으나 오히려 더 유감스럽고 서글펐다.

"배라먹을! 엄니? 성님은 알아보고 나는 왜 몰라보는 겨! 멀리 뉴질랜드에서 세탁소를 하느라, 아니, 먹고 살기 바빠 엄니를 자주 찾아 뵙지 못해서 얼굴을 잊어버린 겨? 아냐! 일시적인 거겠지. 어무니……."

나는 스스로 위로를 했으나 그게 아니었다.

하필이면, 나 없이는 못 살거라고 입이 닳도록 말했던 어머니가 둘째 아들인 나만 몰라보다니, 사랑이 깊다보면 반대로 내게 말 못할 유감이 있어도 내색하지 않으려고 하는 때문이라고 생각했다.

"엄니! 나유, 나. 석호!"

아무리 큰소리를 치며 얼굴을 비벼도 어머니는 대답이 없다가 기껏 "누-구-지-유?"라는 말만 할 때 나는 하늘이 무너지고 땅이 꺼진다고 생각했다.

"어무니-뭐유-에이 씨-"

나는 눈물만 흘렸다.

6개월 전, 어머니의 치매가 꽤나 중증임을 눈으로 확인하고 더 나빠지기 전에 아예 어머니의 모습을 영상으로 녹화해 가지고 뉴질랜드로 돌아왔었다. 그때 녹화한 7분짜리 영상을 가슴에 품고 다니다가 어머니가 보고 싶으면 재생해서 듣기를 수십 번 아니 수백 번 한 것 같다.

"이젠 그 영상, 그만 틀어요! 큰아들은 알아보고 작은 아들은 몰라보는 어머니……, 그거 들어봐야 마음만 아프지……."

보다 못해 아내가 퉁명스럽게 한 말이다.

"무슨 소리! 이번에 가면 나를 알아보실 거여. 그리고 내 이름을 불러 줄 거여!"

큰소리를 쳤었다.

정말 그럴까? 나는 반신반의하며 하나님께 기도하다가 비행기 속에서 잠을 청했었다.

2

"식사는 무얼로 하실까요? 비빔밥? 아니면 소고기 요리?"

여승무원이 상냥하게 웃으면서 내게 물었다.

"비빔밥으로 주세요."

문득 어머니가 더운 여름날 고추, 오이 그리고 상추를 텃밭에서 따 가지고 와 참기름과 고추장을 넣어 비빔밥을 만들어 주었던 기억이 떠올랐다. 고소하고 매큼한 맛이 아직도 내 혀끝에서 살살 녹고 있는 듯했다.

'어머니-어머니-'

공무원으로 여기저기로 전근을 자주 다녔던 아버지 대신 어머니는 우리 가족에게는 변함없는 등대지기요 선장이었다.

초등학교 교사답게 어머니는 꼿꼿하며 딱 부러진 여성으로 가정교육에도 엄했기에 형님은 상과대학을 나와 기업체에서 이사로, 나는 공과대학을 나와 역시 꽤 큰 기업체에서 신임받는 엔지니어로, 과장을 거쳐 부장으로 그리고 이사직도 바라보았다.

그렇던 내가 48살 되던 해 직장으로부터 뜻밖에도 명퇴를 당하고 말았다. 생각해 보면 일 년 전부터 '명퇴의 대상'이라는 소문은 있었다.

기분이 언짢았으나 그럴 리가 없다고 자신하며 지냈는데 말만 듣던 그 명퇴가 내게 덮쳐왔다.

그러나 내게는 도무지 이유가 안 되었다. 억울했다.

용납되지 않았다.

하늘이 노래지며 낙망과 한스러움으로 눈물만 흘렸다. 정말 죽고 싶었다. 한국이 싫었다. 동료들을 만나는 것이 죽기보다 싫었다. 패잔병이요 포로가 된 기분이었다.

퇴직금을 받았다. 그런데 그 돈으로 무엇을 한담? 나는 답을 못 얻었다.

아내에게 면목도 없었고 자식을 보기도 힘들었다.

"석호! 뉴질랜드로 와 봐! 전기 기술자로 우선 오라고……여기, 살 만해. 명퇴도 없고 걱정도 없어."

몇 년 전에 명퇴를 당한 후 홀연히 뉴질랜드로 이민 간 선배의 충고가 고마웠다.

엎친 데 겹친다고 건강하다고 믿었던 아버지가 갑자기 언성을 높이며 불안해하더니 혈압이 높아지고 우울증에 빠졌다.

"뭐시! 석호가 짤렸어. 나쁜 놈들! 석호가 어째서……."

아버지는 잠을 못자며 안절부절못했다.

2년 후, 2006년 여름, 나는 초급행으로 이민 수속을 해 마침내 뉴질랜드로 가게 됐다.

"석호야 힘 내거라. 내 걱정 말고, 뉴질랜드로 가서 잘 살아라. 이 에미는 살 만큼 살았어. 벌써 내 나이 80이여."

어머니는 내 등을 도닥거리며 위로를 해주었다.

그리고 어머니는 시편 23편을 읊으면서 "여호와가 너의 목자시니 너를 지켜 주실거여!"라고 하며 피아노를 치며 친히 찬송을 불러주었다.

반면 아버지는 아주 달랐다.

"석호야? 이민 간다고? 아니지. 조국을 두고 어딜 가? 안 돼 이놈아. 여기서 살자."

"아버지 한 5년 만 살다가 성공해서 오겠습니다. 아버지……."

"5년이라고 했니? 세월이 우릴 기다린다고? 아녀 이놈아. 나 5년 못 살아."

그 후 아버지는 몸져 누웠으니 이민 가기가 힘들었다.

"석호야, 걱정 말고 가거라. 내가 알아서 할 테니. 저러다 아버지는 좋아진다."

형님이 위로했을 때 나는 비로소 내가 차남인 것을 인식했다.

뉴질랜드, 오클랜드로 이민 가던 날은 공교롭게도 내 나이 50이 되던 날이었기에 전날 온 가족이 모여 송별회 겸 생일 만찬을 했다.

내일 여길 떠나면 나는 태평양과 인도양을 건너 미지의 나라로 간다고 생각하니 어깨가 무거워지며 두려웠다.

16살, 11살 된 딸과 아들의 손을 꼭 잡았으나 힘이 없었다. 자신이 없었다.

80세의 어머니와 82세의 아버지를 두고 간다니 내 마음이 무겁다 못해 죽을 죄를 짓는다고 생각했었다.

그래도 비행기를 타야 했다.

뉴질랜드는 듣던 대로 지상낙원이었다. 탁 트인 바다에 계획된 도시 오클랜드에서 선배를 만났다.

어느새 아담한 아파트를 준비해 놓았으며 하나하나 친절하게 가르쳐 주어 생각보다 수월하게 새로운 생활을 시작했다.

전기 기술직을 구하기 전에 청소와 페인트를 칠하는 일을 시작했다. 엄밀히 말해서 싸구려 노동자가 하는 하찮은 일이었다.

한국에서는 생각도 못했던 하찮은 일이었으나 세상에

못할 일이 어디 있을까 생각하니 즐겁게 할 수 있었다.

그리고 가까스로 얻은 전기 기술자의 직업이 참으로 좋았다. 오클랜드시에서 운영하는 전기회사의 기술공으로 이 집 저 집을 다니며 고쳐주고 전봇대에도 올라가곤 했다.

모든 것이 제대로 정착되는가 했는데 뜻밖의 소식이 나를 울렸다.

"석호야, 아버지가 돌아가셨어. 그리고 유언대로 가족끼리 장례를 지냈어. 너에게 일부러 늦게 전한 것은 네 이민 생활에 도움이 안 돼서 그랬어. 형이 잘 처리했으니 그리 알거라."

"아니? 형님! 나에게 알려 줬어야지요. 마지막 임종을 봤어야 했는데……."

"석호야, 아버지는 친구들과 천안에 갔다 오는 길에 지하철에서 심장마비로 세상을 떠났어. 누구도 아버지의 마지막을 보질 못했어. 나도……."

"아부지!"

나는 멀리 북쪽 하늘을 바라보며 울었다. 오클랜드의 밤은 유난히도 하늘이 맑았기에 수많은 별들이 내 머리에서 초롱초롱 빛나고 있었다. 마치 죽은 아버지의 혼이

못난 아들놈을 위로하러 멀리 뉴질랜드로 다니러 온 듯했다.

불효한 마음은 무거웠으나 참고 일했다. 그리고 일년, 뜻밖에도 뉴질랜드 정부에서 매달 1000달러의 보조를 해주었다.

"와! 내가 뉴질랜드를 위해 한 것이 하나도 없는데 매달 1000달러를 무료로 도와주다니……학교도 거의 공짜인데……."

딸은 비록 이름은 떨어지나 2년제 공립 대학에 거의 무료로, 아들은 고등학교에 역시 거의 무료로 다니고 있었다.

그간 열심히 저축하고 또 모은 돈으로 마침내 세탁소를 하나 구입하게 됐다.

전기 기술자로 사는 것도 좋지만 세탁소가 어렵기는 하나 훨씬 더 수입이 좋았기 때문이었다.

"석호야, 어머니가 조금 이상해. 우울증이 심해져서인지 말을 잘 안 해. 가끔 이민 간 네가 보고 싶은지 널 부르곤 해서. '서코야, 넌 에미 생각도 안 나는 겨? 내가 찾아가야 혀.'"라고.

"언제부터죠?"

나는 전화기를 통해 큰소리로 물었다.

"사실은 네가 이민 가던 해부터 말을 아끼더니 아버지가 돌아가시자 눈에 띄게 심해졌어. 무엇보다도 어머니의 마음이 어디로 갔는지 나도 궁금해…… 석호야."

"마음이 어디로 가다니요?"

"어머니 마음이 없어졌는지, 옛날의 어머니의 마음이 아녀…… 우릴 잘 몰라보는 것 같아. 아마, 치매가 시작됐나봐."

"한번 가봐야겠지요, 형님?"

"그래야겠지. 어머니가 너를 자주 찾아. '서코야-서코야-'라고."

형님의 전화를 받고 내 대신 아내를 곧 한국으로 보내기로 했다.

3

군 복무를 마치고 복학했을 때, 내 아내는 같은 대학 3학년, 우리는 기독교 동아리에서 만나 캠퍼스 커플이 됐다.

내가 그녀를 애인으로 만난 지 수개월 후, 그녀의 어머니(지금은 장모가 됐지만)를 처음 만나 인사를 올렸을 때, 나는 당나라의 양귀비(楊貴妃)와 주나라의 포사(抛似)를 만났다고 착각할 만큼 장모님에게 '뿅' 갔다.

딸보다 어머니가 더 청순해 보였었다. 다소 갸름한 얼굴이 마치 캄캄한 밤에 아즈런히 하늘에 걸려 있는 반달을 바라보는 그런 느낌이었다. 그런데 웬일일까? 그 예쁜 얼굴에 뭔가 근심이 엇갈리는지 눈물자국이 여기저기에 붙어 있다고 느꼈었다. 나 혼자 묻고 대답을 했는데 그 이유를 알게 된 것이 결혼 후 3년이 지나서였다.

내 장인은 장모보다 5살 위로 고급 세무공무원으로 수입도 좋고 활달했다.

장모의 시어머니(아내의 할머니)는 20살에 아들(장인)을 낳았다. 6·25전쟁 중에 남편을 잃고 전쟁 미망인으로 남편에 대한 정을 아들에게 몽땅 쏟아 부었다. 양귀비 같은 며느리가 남편을 위해 할 일을 시어머니가 손수 해 주었다.

"예쁜 아가, 내가 아범을 좀 챙겨주마, 넌 쉬거라."

처음에는 고맙고 배려가 깊다고 생각해 시어머니에게 감사를 표했으나 한두 해를 넘기면서 아내의 소임을 잃고 왕따를 당한다고 생각했다. 시어머니는 아들의 밥그릇을 가슴에 품기도 하며 국그릇을 이불 속에 넣어 두었다가 아들이 들어오면 밥상에 놓고 그가 다 먹을 때까지 곁에 있었다.

남편은 어머니가 하는 것을 그대로 받아들였다. 마치 생각 없는 마마보이였다.

"여보, 나는 뭐요? 아내요? 인형이요?"

그녀는 남편에게 항의했으나 대답은 엉뚱했다.

"아니, 어머니가 당신 대신 해주면 좋은 거 아뇨?"

장모는 홀로 있는 시간이 많아지자 손톱, 발톱 머리에 치장하는 시간이 많았으며 그림을 그리고 붓글씨를 쓰곤 했다. 결국 상대적으로 말이 적었다.

장인과 말하는 것을 거의 보지 못했다. 그리고 같이 다니지를 않았다. 장모는 내게 말했다.

"강 서방, 나는 남편을 시어머니에게 빼앗겼어."

나는 아내에게 이 사실을 물었다.

"여보, 어머니와 아버지는 남남이나 다를 바 없어. 할머니가 너무 끼고 살으니까. 나는 할머니가 싫어."

아내는 뜻밖의 말을 했었다.

아내의 할머니가 돌아가시자 뜻밖에도 장모는 우울증을 갖게 됐다.

말을 일체 하지 않았으며 묻는 말에도 대답을 하지 않았다. 우리 부부가 이민짐을 싸던 그해 장모는 71살이었다.

"어머니를 두고 나 이민 안가! 당신 혼자 가소!"

아내는 울면서 이민 가기를 거부했다.

결국 뉴질랜드로 이민 오기 전에 우리 부부는 장모로 인해 한바탕 곤욕을 치루었다.

뉴질랜드에서 자리 잡는 대로 자주 한국에 가 어머니와 같이 있게 해주겠다는 나의 꼬임에 아내는 여기까지 왔으나 청소하랴, 페인트칠 하랴, 집안일 하랴, 한 번도 한국에 가질 못했었다.

4년 만에 한국을 찾아온 아내, 김정선은 황당한 느낌이었다.

멀쩡했던 시어머니는 남편을 잃고부터 우울증이 생겨 말이 없었으며, 말이 없었던 친정어머니는 전보다 더 심해 겨우 딸을 알아보았다.

친정어머니는 눈만 뜨고 딸을 멀그러니 쳐다보기만
했다.

"엄마! 나, 정선이야. 내가 왔어. 정선이가."

"……."

"엄마! 말 좀 해봐! 나 정선이여. 엄마 딸!"

"왜 이제 온거야!"

그때서야 말이 없던 어머니는 딸의 손을 꼭 잡으면서
소릴 쳤다.

"엄마! 미안했어. 잘못했어!"

"……."

어머니는 또다시 입을 꾹 다물고 말이 없었다.

그간 얼마나 외로웠었는지를 증명하는 듯했다.

아내는 친정어머니의 손을 잡고 통곡을 했다.

"이게 뭐야? 어머니와 시어머니, 둘 다 이게 뭐야! 어
머니! 시어머니!"

"……."

둘 다 대답이 없었다.

답답하다 못해 아내는 담당 의사를 만나 물었다.

"의사 선생님? 시어머니는 그렇다 치고 친정어머니의
우울증은 너무 심해 마치 마음이 어디론가 사라진 것 같

군요. 어머니의 마음과 생각은 존재하고 있나요?"

"따님? 마음과 생각이라고 했나요?"

"예. 어머니의 마음. 마치 어머니와 시어머니를 보면 텅빈 집같이 뵈는 군요, 아무도 살지 않고 거미줄이 여기저기에 쳐진 빈집 같아요. 왜, 그런 거죠? 도대체 치매 환자나 우울증 환자의 마음은 어디에 있는 거지요? 모성애(母性愛)는 어디로 갔나요? 가슴에? 아니면 뇌 속에?"

"뉴질랜드에서 온 따님? 저는 신경병리의사입니다. 물론 마음은 뇌 속에 있습니다. 가슴에 있는 게 아니고요, 의학적으로는 말입니다. 시어머니와 친정어머니는 모두 우울증에 해당됩니다. 치매나 뇌졸중이 아니고……. 그러나 두 분의 증상은 마치 치매 환자처럼 보입니다. 우리의 뇌는 여러 개의 기관이 합쳐 서로 보완해 주는 아주 큰 유기체입니다. 우선, 대뇌는 '이성의 뇌(理性의 腦)' 라고 불리우는데 좌우로 갈라져 있습니다. 기억, 지능, 정보 분석, 판단을 초고속 컴퓨터보다 빠르게 처리합니다. 운동, 감각, 음악, 소리, 청력 그리고 후각을 담당합니다. 대뇌의 밑에 있는 대뇌변연계(大腦邊連繫, Limbic system)는 감정의 뇌(感情의 腦)라고 불리웁니다. 아주 중요하지요. 그중에 해마(海馬, Hippocampus)라는 부위는 최근에 얻은 새로운 정보를 대뇌로 보내 영구히 기억하게 하는 기능이 있는 곳이지요. 뿐만 아니라 사람의 감정을 조절하는 기관입니다. 이 부분이 기능을 잃으면 치매가 되며 어머니의 사랑을 잃어버리지요. 그리고 뇌간(Brain Stem, 腦幹)은 생명의 뇌(生命의 腦)라고 불리우지요. 죽고 사는 문제, 즉 심장, 호흡 그리고 그 주위에서 많은 뇌 호르몬이 나오고 있지요. 불교에서는 마음은 가슴에 있다고 하며 심장을 가르치지만 사실 마음은 뇌에 있답니다. 결국 뇌의 여러 기관들, 즉 시각, 청각, 후각 촉각 등이 대뇌와 연결되며, 대뇌변연계를 통해 대뇌에 저장된 정보를 유출해 내는 과정이 마음입니다. 그런데 뇌가 중요하지만 몸 자체와 주위 환경에 큰 영향을 받는 것으로 보아 마음은 뇌와 몸, 전부가 연관된 것이지요. 치매는 대뇌의 세포와 해마의 세포가 완연히 작아지고 숫자도 감소하는데 이를 알츠하이머라고 부르지요. 뇌에 뇌졸중이 생기거나 혈관이 터지면서 뇌의 부분들에 손상이 생겨서 오는 치매도 있지요. 물론 MRI를 찍어보면 비정상으로 나타나며 뇌파검사도 역시 손상이 있지요. 조금 이해하기가 힘드시죠? 사실 일반 의사들도 뇌에 대해서는 잘 모른답니다. 그러나, 따님의 시어머니와 어머니는 MRI와 뇌파가 극히 정상인 것으로 보아 단순히 뇌 속에서 분비되는 신경호르몬 즉, 도파민이 적어져서 생긴 우울증이라고 봅니다. 그러기에 두 분은 향후 좋아질 가능성이 많습니다. 희망을 가지시고 뉴질랜드로 가셔도 됩니다."

"그럴까요, 신경병리 박사님?"

아내는 눈물을 닦았다. 좋아질 수 있다는 실낱 같은 희망 때문이었다.

한국을 다녀온 아내의 말대로 어머니와 장모님의 증세가 좋아지기를 기대하다 보니 콧노래가 나왔다.

세탁소도 점점 더 번창해 수입이 대폭 늘었기에 우리는 큰 결단을 내렸다.

직접 곁에서 효도는 못하지만 돈으로 효도를 하자라는 결심으로 각각 두 분의 병원치료를 위해 3000달러를 매달 보내기로 했다.

아무것도 하지 않은 나에게 뉴질랜드정부에서도 1000달러를 주는데 우리를 낳고 기른 어머니들에게 왜 못할까라는 마음에서 였다.

그러나 이로 인해 우리의 집 재정은 휘청했으나 마음은 기뻤다.

일 년 전 형님이 보내준 소식에 의하면 어머니가 뇌졸중으로 갑자기 쓰러진 후 기억력이 급격히 떨어짐은 물론 평형감감각도 좋지 않아 결국 양로병원에 입원했었다.

그 후 병원비가 무척 든다고 형님이 처음으로 돈 걱정을 했었다.

4

뉴질랜드를 떠난 비행기가 마침내 제주도 상공을 지난다고 상냥한 여승무원이 방송을 하고 있었다.

"석호야! 어머니를 분당에 있는 H양로병원으로 옮겼어. 시설이 더 좋고 간병인도 좋아. 인천공항에서 직접 그리로 가는 급행버스를 타고 와, 근처에서 택시를 타면 쉽게 찾아올 거야. 그리고 석호! 매달 병원비를 보내줘서 큰 도움이 돼. 나도 250만 원과 간병인 값, 70만 원을 내긴 하지만, 하여튼 꽤 벅차다."

지난번 전화를 통해 형님이 알려준 정보였다.

형님 말대로 인천공항에서 분당까지 와 택시를 타고 어머니가 계신 H양로병원에 도착했다. 현대식 건물로 지은 5층 건물의 3층에 어머니는 누워 계셨다.

새로 바뀐 조선족 간병인이 나를 아는 체했다.

"조금 전에 잠이 드셨는데요……"

잠든 어머니의 모습은 간난아이 같았다. 치매가 생기면 거꾸로 나이를 먹는다고 했다.

사람이 태어날 때, 아무것도 가지고 온 것이 없듯이 갈 때도 빈손으로 간다고 했다.

어머니의 위(胃)에 직접 튜브를 통해 들어가는 아주 고가의 고급 영양음식이 떨어지는 소리가 마치 시계의 초침처럼 '똑똑' 소리를 냈다. 조막만한 얼굴에 여기저기 잔주름이 마치 거미줄 같았다. 그런데 여기에 누워 있는 이 여인이 나를 낳아준 어머니였다. 그리고 나와 같은 DNA를 갖고 있지 않은가.

분명 어머니의 심장은 일분에 62회씩 정상으로 뛰며 호흡도 18회씩 정상적으로 가슴을 올렸다 내렸다 하는 것으로 보아 분명 살아 있는 정상적인 생명체이다. 그런데 아들인 나를 몰라본다. 왜 몰라보나? 왜?

가만히 어머니를 들여다보았다. 아이처럼 평안해 보인다. 차라리 힘든 세상에 눈뜨지 말고 이렇게 계시면 평안할 텐데.

어머니를 보고 불편해 하는 편은 오히려 의식이 또렷하며 정상으로 살고 있는 '나'였다.

잠시 후 어머니는 눈을 뜨고 흐린 초점으로 나를 바라보고 있었다.

"엄니? 나여. 나 석호 유, 서코!"

어머니는 갑작스레 눈을 떠서 그런지 아무런 반응이 없다가 잠시 후 눈을 껌벅거렸다.

"엄니? 나유. 나 서코!"

나는 어머니를 향해 큰 소리를 치며 어머니의 입술을 응시했다. 어서 내 이름을 부르기를 기대하면서…….

그러나 이번에도 대답이 없다.

"엄니! 나유. 나!"

나는 어머니의 얼굴을 비비면서 말했다.

"누-구-지-요?"

"엄니, 나, 아들 서코!"

"누-구-"

이번에는 중간에 끊어버렸는데 마치 귀찮아 죽겠다는

듯했다.

아! 나는 나의 즐거움과의 행복을 얻기 위해 어머니를 괴롭히고 있는 불효자였다.

"엄니? 내가 보여유? 내가?"

나는 아내가 일러준 대로 그 유명한 신경병리학자의 가르침, 즉 5관(五觀)을 이용해 보았다.

첫 번째는 시각(視覺)에 의한 자극을 사용하라고 했다.

아차, 어머니의 눈은 심한 백내장으로 각막이 뿌옇기 때문에 자극을 감지하지 못했다. 결국 뇌의 후두부에 있는 시각 센터에 닿기도 힘들었다. 그것만으로도 사물을 분간하기가 힘들 테니 이 자극을 줘 봐야 소용이 없었다.

두 번째는 청각에 의한 자극을 사용하라고 했다.

"엄니?"

나는 어머니의 귀에 대고 손바닥을 '딱! 딱!' 쳐보았다. 어머니가 조금 찔끔 움직이는 모습을 감지했다. 고막을 거쳐 귓속의 신경을 타고 측두부(Temporal)에 있는 소리센터에 감지됐다고 생각됐다. 그러나 어머니는 나를 알아보지 못했다. 실패였다.

세 번째는 피부에 주는 통증과 접촉이었다.

"엄니!" 나는 어머니의 손을 꼭 잡고 비볐다.

피부에 전달된 감각이 역시 '대뇌의 감각 부위'에 도착했는지 움찔하고 움직였다. 그러나 어머니는 나를 알아 보지 못했다. 역시 실패였다.

네 번째는 냄새, 즉 후각에 의한 자극이었다.

"엄니!"

나는 갖고 온 작은 암모니아 튜브를 열어 어머니의 코에 대었다.

놀랍게도 어머니는 고개를 조금 저었다.

'아, 후각 세포가 살았어. 대뇌에 있는 후각 센터가 살아 있는 거야…….'

나는 대단한 것을 발견한 듯이 기뻤다. 그렇다고 어머니가 나를 알아 보는 것은 아니었다. 실패였다.

순간, 담당의사가 형님에게 말해 준 것이 기억에서 나왔다.

"7년 전에 찍은 어머니의 MRI는 정상이었는데, 근자에 찍은 MRI는 대뇌 운동 부위와 말하고 듣는 부분에 문제가 있습니다. 이것으로 보아 알츠하이머(Alzheimer)가 아니고 뇌경색(腦梗塞)으로 인한 치매(dementia)입니다."

'뇌경색으로 인한 치매?'

나는 어머니를 다시 바라보았다.

"아냐! 엄니? 치매 아녀! 엄니 마음을 열어 봐유, 열어 봐유! 아들이 뉴질랜드에서 왔는데……."

나는 참다 못해 어머니의 가슴에 얼굴을 묻고 울기 시작했다.

순간, 나는 어디론가 마력에 의해 강력하게 빨려 들어간다고 느꼈다. 그리고 옛 시골집이 눈 앞에 보이는 가 했는데 그 집 대문이 활짝 열려 있었다.

"아니, 집이 왜 비었지? 아무도 없잖아……."

나는 집 안을 기웃거렸다. 안방은 캄캄했으나 그래도 밖에서 비친 햇빛으로 인해 물체가 보였다. 그리고 거기에 어머니가 누워 있었다.

"석호냐? 내 맴이 아퍼. 아퍼."

어머니는 마음이 아프다고 말하더니 홀연히 사라졌다.

"엄니? 맴이 아퍼?"

나는 어머니를 향해 소리쳤다.

"뉴질랜드에서 오신 아드님? 기억은 해마와 뇌 전두엽에서 나오지요. 그리고 마음은 온 뇌에 있는 것이지요. 온 뇌가 합해서 하나가 되는 거죠……."

신경병리 의사가 설명을 하고 있었다.

"그럼, 어머니의 마음은 어디로 갔나요? 그 마음, 다시 돌아오겠지요?"

"원래는 안 돌아오나, 혹시 돌아올지도 모르죠."

병리교수가 말했다.

'아, 어머니……'

나는 흐느꼈다.

"아드님! 어머니가 말을 하십니다. 아니 성경을 암송하고 있어요!"

간병인 아주머니가 나를 흔들어 깨웠다.

놀라웠다. '누-구-시-죠'만 연발하던 어머니가 또렷한 말로 성경, 시편 23편을 암송하고 있었다.

분명 이런 밝은 표정으로 암송을 하다니? 이건 분명 기적이었다.

"하나님은 나의 목자시니 내게 부족함이 없으리로다. 나로 하여금 푸른 풀밭으로 인도하시며 잔잔한 시냇가로 인도하시는 도다……."

낭낭한 목소리가 또렷또렷했다.

문득 신경병리학 박사가 어머니에 대해서 설명을 하고 있었다.

"뉴질랜드에서 오신 아드님? 이건 기적이 아니고 무의식과 의식의 세계에서 생기는 현상입니다. 해마를 통해 단기기억은 대뇌로 이동 돼 장기기억으로 변해 의식에서 무의식 속으로 가 저장이 됩니다. 그런데 어떤 계기로 눈에 띄는 자극이 무의식 세계로 들어가 숨어 있던 기억을 하나하나 실타래 풀어내듯이 끄집어내게 됩니다. 그게 바로 시편 23편을 통째로 꺼내 암송을 하는 것이지요."

"선생님? 그게 비록 무의식과 의식 세계에서 오는 현상이라고 해도 나는 그렇게 믿지 않아요. 멀리 나들이 갔던 어머니의 마음이 자기가 살았던 빈집으로 되돌아와 멀리서 찾아오는 아들을 기다리고 있는 거예요. 빈집 속에 어머니가 돌아오니 따뜻한 마음이 녹아 훈훈한 새집이 되는 거죠."

일단 어머니는 시편 23편을 다 암송한 후 조용히 그리고 멍하니 천정을 바라다 보고 있었다.

"엄니? 찬송도 한 곡 해줘유!"

나는 어머니를 와락 안았다.

어머니는 얼굴을 몇 차례 꿈틀거리더니 아, 웬일인가? 그 찬송을 하기 시작했다.

"내 영혼의 그윽히 깊은 데서 맑은 가락이 울려나네……평화, 평화, 평화로다. 하늘 위에서 내려오네……."

어떻게 그토록 힘 있고 감정 있는 찬송을 부르다니…… 감격해, 눈물이 주루루 흘러내렸다.

"엄니. 고마워유. 사랑해유!"

나는 어머니를 더 강하게 꼭 안아 주었다.

두근두근, 펑펑 뛰는 것이 느껴졌다. 어머니의 심장이었다. 그리고 그 속에 내 마음이 들어가 있는 듯했다.

의식, 무의식, 기억 그리고 마음이란 뇌에 있다고 하지만 어머니의 마음은 분명 내 가슴에 있는 것이 확실했다.

어머니의 마음은 바로 내 가슴속에, 내 마음은 어머니의 가슴속에 들어 있을 뿐이다.

나들이 나갔던 어머니의 마음과 멀리 뉴질랜드에서 찾아온 내 마음이 빈집을 꼭 채웠다. 그리고 훈훈하고 밝은 새집이 됐다.

"엄니! 참 말루 그동안 미안했슈. 남풍(南風)이 불어오면 엄니! 내 맘이 멀리 뉴질랜드에서 인도양과 태평양을 넘어 엄니를 보러 바람 타고 온 줄 아슈. 엄니! 사랑해유."

"근대, 댁은 뉘슈……." ⚡

『당신의 뇌와 마음』은 나의 의학 지식과 소설 경험을 바탕으로 연구한 결과이기에 의사 작가인 나에게는 참으로 귀하다.

이 인문학 글과 소설을 완성하기에는 연세대학교 의과대학 은사 최병호 신경병리 교수님의 가르치심과 원로 소설가 홍승주 교수님의 격려에 의함이기에 깊은 감사를 드린다.

2018년 6월

연규호 _ 소설가·의사 (내과·신경과)

당신의 뇌와 마음

1쇄 발행일 | 2018년 07월 11일

지은이 | 연규호
펴낸이 | 윤영수
펴낸곳 | 문학나무

편집 · 기획실 | 03085 서울 종로구 동숭4나길 28-1 예일하우스 301호
이메일 | mhnmoo@hanmail.net

출판등록 | 제312-2011-000064호 1991. 1. 5.
영업 마케팅부 | 전화 | 02-302-1250, 팩스 | 02-302-1251
ⓒ연규호, 2018

값 12,000원
ISBN 979-11-5629-072-8 03810